黄建军 著

WODE
LIZHI WAMEN

我的励志娃们

北方联合出版传媒(集团)股份有限公司

万卷出版有限责任公司

图书在版编目(CIP)数据

我的励志娃们 / 黄建军著. 沈阳：万卷出版有限责任公司，2022.10

ISBN 9787547060377

Ⅰ. ①我… Ⅱ. ①黄… Ⅲ. ①散文集–中国–当代 Ⅳ. ①I267

中国版本图书馆 CIP 数据核字（2022）第 120995 号

出版发行： 北方联合出版传媒(集团)股份有限公司

万卷出版有限责任公司

（地址：沈阳市和平区十一纬路 29 号　邮编：110003）

印　刷　者： 长沙市精宏印务有限公司

经　销　者： 全国新华书店

幅面尺寸： 170mm×240mm

字　　数： 170 千字

印　　张： 15

出版时间： 2022 年 10 月第 1 版

印刷时间： 2022 年 10 月第 1 次印刷

责任编辑： 张冬梅

责任校对： 刘　洋

策　　划： 张立云

装帧设计： 云上雅集

ISBN 9787547060377

定　　价： 78.00 元

联系电话： 02423284090

传　　真： 02423284448

序。

◎胡　宇

　　有人说，当好父母其实很容易，你只需要蹲下来，和孩子平等交流即可。

　　从这个理论来说，当一个好老师，也可以很容易，你只需要以平等的视角，尊重学生，理解学生。

　　最容易的事情，往往最不被重视。所以，好父母好老师还是太少。

　　黄建军是湖南省宁乡市实验中学励志部的语文老师兼班主任，也是宁乡市高中班主任名师工作室的首席名师。励志部素以标准高、要求严著称，也是一席难求的读书的好地方。聚集在这里的老师都有过人之处。黄建军老师利用业余时间写下这部校园观察笔记，着墨的对象虽然是学生，但从中亦可窥见学校的教学生态，看到一批好老师的风范。

　　读黄建军老师的书稿后，老师是"园丁"的比喻，在我眼前突然有了生动的意象：园子里挨挨挤挤着各类花朵，有的热烈奔放，有的害羞低调，有的旁逸斜出……园丁怀着热烈的爱，细心观察，觉得每一朵都无比可爱，他一一浇灌，经常培土，偶尔剪枝，时常扶正，每一朵都活泼地生长。

书中的高频词是"爱"和"尊重"。这是一个好老师最根本的基础，也是黄建军从教的核心理念。因为爱和尊重，孩子们偶尔的叛逆、偏执、幼稚得以被宽容，那些未入正轨的理念和习惯，得以被慢慢引导和纠正。

更为难能可贵的是，他尤其注重以身作则和行为示范，他希望自己是学生将来立身做人的影响者。所以，他对班主任老师的认识是："你怎么样，你教出来的学生就是怎么样。你敷衍了事，他们也会懒散怠惰；你吹毛求疵，他们就会小肚鸡肠；你颐指气使，他们定当盛气凌人；你贤淑端庄，他们也会温润如玉；你温文尔雅，他们就会文质彬彬；你待人和善如春风，他们与人相处也会让人感觉如沐冬日暖阳。因为，长大后，他们就成了你。所以，作为班主任，只有谨言慎行，学识渊博，品行高尚，不断丰富和充实自己，才能真正做到立德树人。"

"你怎么样，你的学生就会是怎么样"，这是一位为人师者的感言。我想，这句话，不仅值得所有老师好好琢磨，也值得每一位家长、每一位领导干部好好琢磨。

是为序。

（作者介绍：胡宇，女，作家，现任宁乡市政协副主席、文联主席。出版散文集《璜塘湾》、散文集《酿雪煮酒》、笔记体亲子书《当妈是门艺术活》）

目录。

第二部分　那些思考

▼

那些花儿

NA XIE HUA ER

我曾以为
我会永远守在她身旁……
她们已经被风吹走
散落在天涯……

那些花儿

朴树在唱："那片笑声让我想起我的那些花儿。"我也想起了我的花儿，那些在最纯洁的土壤里破土，在最纯情的岁月里生长的最美丽的花儿。我怕时间的流逝让我记不住他们渐行渐远的背影。忘却的救主不要这么快就降临啊！期盼时光能对我网开一面，我想要这些花儿永远芬芳在我心间。

忧郁的丁香花

她是高二的时候转过来的，带着浅浅的羞涩的微笑，眼神躲躲闪闪，不敢直视你。她很容易感怀伤情：说到妹妹在家遭受奶奶的误解时所受的委屈，她要流泪；说到爸爸妈妈在外打工的辛苦，她要流泪；说到课堂上跟不上老师的节奏，她要流泪。她转过来的时候，落下了很多课程，使她本来就差的数理化成绩雪上加霜。她原本十分脆弱的自信心，常常被残酷的现实击打得粉碎一地。处得好的同学想逗她开心，说个笑话，也只能看到一丝笑意在她脸上转瞬即逝。

好不容易做通工作，她才勉强同意去数学老师那里问题目。她就像一片云，在办公室飘过，来去无声。她站在老师旁边，满脸通红、局促不安的样子，像极了一朵羞怯的丁香花。我很难分辨她是否真正在听，是否真正听懂了老师的讲解。

两年时间里，她学得很艰难很煎熬。她流过很多的眼泪，有的我能看到，有的我能清楚地感觉到。所幸的是，她并没有放弃。她在泪水中熬过骄阳烈日，忍过风霜雨雪。在每次重新绽放之后，也因着她的芬芳被无数泪水浸染过，从而格外清新淡雅，香气之中还结着似丁香般特有的忧愁伤感。高考成绩出来的那一天，应该是她这两年里笑得最灿烂最开心的一次了。

"殷勤解却丁香结，纵放繁枝散诞春。"希望南国和暖的风、明亮的雨、绚丽的阳光能够让这朵丁香花舒展心结，芳香馥郁。

明亮的小雏菊

只是一种平凡的野花，但是自然、纯朴、阳光。写的是雏菊，我觉得也是写她，因为，在我眼里，她分明就是那朵明亮的小雏菊。

她很胖，手臂和小腿似乎要比那些娇小的女生粗了一倍。对于爱美的女生来说，"胖"绝对是不能提及的一个词，但她看起来却一点也不在乎。大冷天的，她着一件短袖 T 恤，踏着双拖鞋，扎着一个羊角辫冲进教室。这已是同学们见怪不怪的一道风景。问她冷不冷，"有什么冷的，脂肪厚，抗寒能力强呗。"她道。

她能吃。我看见她的很多时候，不是在吃就是在找吃的路上。隔三岔五，她要到我们办公室"打劫"一番，美其名曰是帮我们"解决问题"。确实，有了她，我们再也不必担心食品过期了。

她很能缠。跟她对吃的东西的执着一样，她对难题也有一股咬定青山不放松的钻劲，问题不解决就一直缠着老师不放，有时为了一个问题争得面红耳赤也不罢休。

她的这种不做作、率真、阳光的天性，让她在别人如临大敌的高考场上闲庭信步，超常发挥，考到了班级的第三。其实，我一点都不惊讶。因为她是那朵明亮的小雏菊。夕阳西下，在路边兀自开放，那样热情，那样芬芳，不为谁开，不为谁落，在西风里倾着身子，沉醉了晚霞，也沉醉了我。

仙人掌有刺

"精华化利剑，酷暑傲骄阳。"用带刺的仙人掌来形容他，实在最妙不过。因为他身上实在有太多的刺。

他管不住自己的嘴。无论跟谁坐，无论坐在哪一个位置，他都能很快找到说话的对象。有时安静如水的教室，因为他的出现，就搅成一团乱麻。他也管不住自己的腿，一眨眼工夫，就不见他人影，不是上厕所，就是回宿舍取书、拿药，他总能找到一个理由来搪塞，让站在教室门口眼巴巴等他的我欲怒无言，欲哭无泪。他姓孙，老师们叫他"孙猴子"，也真是贴切呀！

脾气暴，性子躁如他。每次找他谈话或者批评他，都要思虑周全。

如果哪句话不对，委屈到他，他那双睁得铜铃般大的眼睛，就像仙人掌的刺，扎得我想起都后怕。

"不争百日艳，一现昙花香。"仙人掌有刺，但会开花，而且开得傲然脱俗，异常夺目。

在那动人的花朵里，我能读出他的热情和真诚。他爸爸妈妈是医生，他自然也就懂得更多一点的药理知识。哪个同学有个小病小痛、跌打损伤之类的，找他准没问题，而且他乐此不疲。他的抽屉里随时都准备着创口贴、络合碘、棉签、绷带之类的应急用品。看到他娴熟地清洗、涂药、扎绷带，那么专注，我心里感叹，平日里那个活蹦乱跳的"孙猴子"还有这样的一面啊！

一堂课下来，老师们腰酸背痛。这就到了他大显身手的时候，他成了专业的按摩师。帮这个揉揉肩，给那个松松背，还别说，真像那么回事。

有一回，他偷偷从家里带来一大可乐瓶子的自酿葡萄酒给老师们喝，说多喝葡萄酒能提神醒脑、舒活筋骨、驱除疲劳。他还说，再不拿来，家里那一大瓶葡萄酒都会被他偷喝光的，弄得我们啼笑皆非。

而今，我倒是时常想念他小小的"坏"。他身上有刺，也不一定是坏事，倒是如果真的有那么一天，他拔光了身上所有的刺，他会真正变得平庸起来，他也不再是那株无可替代的仙人掌了。

很喜欢和他视频聊天，他做他的，我忙我的，我们就这样有一搭没一搭地说着，散漫悠闲，不知时光流逝，只觉岁月静好。

四时丹桂香馥馥

她是个爱诗的女孩。她痴迷于"水深水浅东西涧，云去云来远近山"的旷远脱俗中，她惊羡于"宁可抱香枝上老，不随黄叶舞秋风"的孤傲卓绝，她也沉醉于"语山花，切莫开，待予酒熟，烦更抱琴来"的趣味芬芳，她也憧憬着"春有百花秋有月，夏有凉风冬有雪"的岁月静好。大概是诗赋予了她温润如玉的气质。

她性子较清冷，很少有能走进她内心的人，但一旦能走进她的心，她也必真心待之。她深知父母的不易，会为父母起早贪黑地经营包子铺而心疼，所以回到家就会帮父母做尽量多的家务，会在父母风雨兼程地骑摩托车来接她时感到抱歉，所以她不让父母特地来看她，哪怕是生病了也舍不得让父母来回奔波。她也曾为父母对自己的不求回报的牺牲而痛哭过，所以三年时光里，她都是那么一如既往地刻苦着，努力着。

高考前两个月，她喉咙开刀，吞咽困难，只能吃流食。她在办公室熬了整整一个月的小米粥，她也吃了整整一个月的粥。到了连我看到粥都有点生厌的时候，她却依旧吃得很是享受，还说以后要学会熬制各种养生的粥。要是哪个同学生病了吃不下饭，她还会毛遂自荐她的"苏小妹"牌小米粥。很难想象她是怎样挺过高考之前这段最难熬的时光的。我知道在她示人的微笑背后一定承受了许多苦楚和辛酸，可是，毕竟，她挺过来了！更难得的是，经过这一次磨难，她好像脱胎换骨了，变得开朗也开心了许多，会无所顾忌地在办公室里怼老师，会在老师面前展示她最真实自在的一面。

匪夷所思的是，一个这么爱诗的女孩，学的专业却是物理。大概她从牛顿、法拉第、帕斯卡、卡文迪许身上，也能品味出盎然的诗意来吧。真是个与众不同的女孩。

"暗淡轻黄体性柔，情疏迹远只香留。何须浅碧深红色，自是花中第一流。"

愿你永远芳香馥馥，愿你永是花中一流。

朴树在唱："我曾以为我会永远守在她身旁……她们已经被风吹走，散落在天涯……"

相信我的那些花儿，那醇厚素朴的菊花，云蒸霞蔚的云锦杜鹃，素淡雅致的白兰花，清丽脱俗的君子兰，骨骼清奇的金银花，缤纷绮丽的紫薇花……在每一片属于她们的天地里，放肆地使劲地开着。

花开正艳

这一年，花开得不是最好，可是还好，我遇到了你们。这一年，花开得好极了，好像专是为了你们。这一年，花开得很迟，还好，有你们。

小人

那天，看到哲的随笔，标题为《我是小人》，甚是诧异。

他说——

我是小人，不知廉耻，爱慕虚荣，不思进取，目光短浅，自私贪婪。

我是别里科夫那类人吧，总把自己装在套子里，顽固封闭，见不得新东西，见不得别人好。

我亦是阿 Q、孔乙己之流吧，嘴尖皮厚，腹内原来草莽，处事泛泛，停在表面，流于肤浅。

我是小人，彻头彻尾的小人，我会以自我为中心，从不为他人考虑，从来都只知道接受，不在乎集体利益，不关心他人冷暖。

......

我是不识好歹、不识抬举的小人吧，不理解、不感恩别人的好意，不珍视、不在意别人的器重、赞美和提拔。

我真是恶行罄竹难书的一个小人吧。

这还是我心目中的他吗？那个温文尔雅的他被自己批得体无完肤了。我为他能有这样审视解剖自己的勇气而欣慰，也为他这样过度否定自己而使自己的自信心受挫而在前行的路上走得不敞亮不阳光而担忧。

他难道真如他所说的这样一无是处吗？不，绝不是这样。

我明明看到他，脚受伤了，还拄着拐杖一瘸一拐地挪到教室，好多次都是第一个赶到教室放声早读。

我明明看到他值日的那一天，扛水、倒垃圾、倒废水都完成得那么积极。

我明明看到他每次发书都是第一个冲到楼下，默默地扛起一大包直奔教室。

我明明看见他常穿梭在教室与办公室向老师请教的那个忙碌的身影。

还有诗词社的活动开展得很精彩，但那一张张唯美的PPT，都是出自他之手，别人风光的背后，有他默默的付出。

这个小身板里其实有个有趣的灵魂。虽然不够完美，但这样的"小人"，我喜欢，小小的你，懂得反思，懂得自省，懂得韬光养晦，不露圭角，大概未来也会行稳致远吧。

太阳

有一次写作文，他给他的作文标题定为《太阳》，实在有点不着边际，很是让大家取笑了一番，于是他就有了"太阳"这一外号。憨憨的他也似乎并不介怀，每每听到"太阳"一词，大家对他侧目而视，一脸坏笑，但他总是泰然自若，脸上有一丝若有若无高深莫测的笑意。

太阳喜静，近乎木讷。有时跟他说话，他都似乎不在你的频道上，眼神定定地看着你，但他的思绪跟你就像两条永不相交的平行线。你问得急了，他憨了半天，回答一句"要得"或者"可以"。有一次，他半夜跑到别的寝室玩三国杀，我气急败坏地把他找来，脸红脖子粗地批评他，他倒是镇定自若。我恐吓他要叫家长，他慢悠悠地吐出两个字"可以"，我说要记处分，他支支吾吾地嘟囔道"要得"。其实只要他跟我说几句好话，定一个保证，我说不定就会放过他，可他怎是没想过给我给他自己一个台阶下，就这么大义凛然地傻站着，叫你欲哭无泪。

太阳有坐功。很多时候，空荡荡的教室里，只有他一个人在埋头苦读。有时，周遭人声鼎沸，也只有他把这些喧闹置于身外，于嘈杂中取一方净土，写写算算，如入无人之境。碰到难题，他可是不依不饶，到办公室逮着谁就问谁，不达目的决不罢休。对他的勤奋和钻研，我赞赏有加，他定定地看着我，脸上有一丝笑意转瞬即逝。

开学初，太阳在我面前承诺，一定要拿到第一名。几番龙争虎斗之后，他终于在上次月考中斩获了班级第一名。我知道他心里很得意，但并不形于色，我拍拍他的肩道，"终于出太阳了"。他也只是露出两颗小虎牙，挠了挠后脑勺，"我还可以多考好多分的"。

在班级里，太阳看上去不显山不露水，人来人往中，他也可能是那最不起眼的一个，但我知道，太阳终归是太阳，总有一天，他会闪闪发光，耀眼夺目的。

心有执念，向阳生长

瑄瑄是我的语文课代表，当时她毛遂自荐的时候，我心里还是有点担心，个子小小的她，能不能驾驭住这一大帮男孩子，但她的表现颠覆了我最初的认知。

每天跑操之前，她会督促大家大声朗读，天色朦胧，看不清字，她会组织大家齐声背诵；跑操结束后，她会快速赶到教室布置当天要朗读和默写的任务。尤其是她值日的那一天，她都会提前到位，在讲台上扫视全班，在教室走道巡视，有谁不认真，她都会及时提醒。是她的坚持和原则让调皮的男孩们在她面前变得服服帖帖。坚持一天一周一月，一般人或许都能做到，但是一期一年地坚持下来，确实是需要毅力和韧性的，可瑄瑄做到了，不得不让我佩服。

瑄瑄很亲近人，她经常跑到办公室跟你说说话，聊聊心情聊聊学习聊聊班上的人和事，有时还要塞给你一块饼干、一个棒棒糖，甚至是一根辣条。外出研学，她居然给邓老师带回来一小瓶桃花酒，弄得邓老师忍俊不禁，她说学生们不会都认为我是个好酒之人吧，不过我看她还是很开心的。瑄瑄就是个这么贴心的女孩，大概她是把我们都当成了朋友吧。

瑄瑄是美术社的主要成员，也是日语社的顶梁柱。社团展示排练时，日语社的配音秀节目冗长，衔接不到位，效果很不好，同学们听了都直摇头。我们都几度有想要放弃的想法，但瑄瑄说什么都不同意，她说她还想再努力一把。于是找老师借电脑，借配音设备，所有内容重新精心剪辑，几乎都是她一人出马，试一次不行再试一次，反复多次之后，总算勉强通过。天道酬勤，最后展示时，日语社的配音秀得到了大家的认可，她也露出了开心的笑脸。

从她身上，我得出一个结论：无论什么事情，只要坚持去做，总会离成功越来越近的。还有，一个人，哪怕开始落后于人家，输在了起跑线上，但只要心有执念，也定会向阳而生。瑄瑄就是如此，她笑起来的样子真好看。

野百合也有春天

那些花儿，在我生命的每一个角落，静静地开放。

邻家女孩

欣怡，是隔壁班的女孩，之前对她印象不是很深，只是因为跟晓宇走得近，所以偶尔也有关注。短发，大眼睛，喜欢中性打扮，表情冷淡，不怎么跟人打招呼，似乎有拒人于千里之外的感觉。

有一次，是在元旦文艺晚会上，她自弹自唱，唱的什么歌不记得了，只是她安安静静唱歌的样子，很清纯很脱俗，很有邻家女孩的味道。

我没有机会教到她，她又是这种看上去很高冷的女孩，我想恐怕我跟她是难得有交集的了。

出乎意料地，有天晚自习时，我居然收到了她写来的一封信。说实在的，远远看到她小心地把信放在我桌子上，并且用手机轻轻地压着，然后一转身闪出了办公室。我心里是非常疑惑的，因为我实在想不出她有什么理由要给我写信，我甚至还有点战战兢兢有点忐忑地打开她的信：

亲爱的黄老师：

　　您好！

　　之前就对您的文笔有所耳闻。直到今天借阅一班打印的您的文章，才知所言非虚。

　　细腻的文字、动人的情感、深厚的文字功底……无一不深深地触动着我的内心。我仿佛看到了一位笔耕不辍、深爱学生、满怀深情、心思柔软的长者、老师。

　　拜读您的文章第一反应是惊讶：您竟会频繁又深情地记录自己的学生！这是我见过的所有老师都不曾有过的（也可能是未给我们看）。之后是深深地佩服，再者是如洪流一般涌动的感动。

　　我同样是位心思细腻、内心敏感的女生，看了如此满蓄感情的文章，又怎能叫我不有所感触呢！我爱那些闪耀着人性之美的文字，甘甜持久，读之莫忘。您的文字有独特的味道，藏着他人囫囵错过的细节，在悬崖峭壁中，您能摘一朵角落的花。

　　我也爱记录生活，或用讲述或用照片，但好像都不如文字，时间越久，沉淀得越有魅力。我希望我能一直存有这个习惯，如您一般，回首过去，不尽是遗忘。我更希望我能写出如您一般的文章，叫人读了能感触纷纷，领悟深深，明白生活里有连续不断的美好。

　　谢谢您的写作，让我能有所感有所悟。也望这封简陋的信并不突兀，能为您带来您所带给他人的快乐。

　　祝：工作顺利，万事如意，家庭和睦。

读完，我陷入沉思，内心五味杂陈。我震撼于欣怡的外冷内热，在她清冷的外在包裹下居然有一个如此细腻丰富的内心世界；我欣喜，我纯粹出于个人爱好用这支笨拙的笔记录生活领取感悟，上不了台面的这些东西，居然会拨动她的心弦会让她喜欢感动。在我看来，她们似乎更在意玄幻小说，在意《三体》，在意东野圭吾。她给了我坚持下去的理由和动力。我自省，每一个孩子其实都是一本书，你不去翻开不去阅读，你就永远不会真正知道有多精彩，他们也是一幅幅色彩或浓或淡，构图或简约或繁复的水墨画，你不走近去欣赏去揣摩，你也永远不会知道它有多美妙。你看到的跟你真正了解到的可能是完全不同的风景。

因此，欣怡，我要谢谢你，谢谢你展示了一个不一样的你，谢谢你给了我莫大的鼓励，谢谢你告诉我不能凭主观臆断或者外在表现去随意揣测一个热气腾腾的灵魂。在这个偌大的花园里有的花开正艳，有的半开半闭，有的花下带刺，有的粉面含羞，有苔花如米小，有石榴似火红，还有的根本就不会开花，但每一种都涌动着生命的激情，每一样都如此姗姗可爱。

黄钟大吕竞雷鸣

记得刚刚分班之后，除了原来在我们班上的，其他人长成啥样，我一概不知，个别可能知道名字，但名字跟人是对不上号的。雷鸣是第一个加我微信的，微信电话里，他介绍了自己，声音清朗，落落大方，没有丝毫的拘谨，一听就知道是个性格开朗、为人大气的孩子。他跟你聊微信，噼里啪啦一大通，好像我们之前就十分熟稔。雷鸣电闪，是何其大气和迅捷，他应该是能配得上这个名字的。

相见果真如此。雷鸣表现得很跳脱，课堂上表达的意愿很强烈，回答问题，表演，朗诵，他都能积极参与，并且常常能博得大家的掌声；遇到问题，他也决不藏着掖着，一定要跟老师请教讨论，有时刚出了办公室又立马打转，肯定是又想起了什么，弄懂了之后又风驰电掣般飞了出去。

偶有一次，看到他书写比较差，我跟他提了一嘴，没想到他还真听进去了。于是经常看到他在狠练书写，还有英语的衡水体，还别说，效果立竿见影。现在去看他的卷面，还挺舒服的，我在心里不止一次地感叹：孺子可教也！

每次下晚自习，门口总要冷不丁地冒出个声音"黄老师再见"，等你一回头，人早已不见踪影。我就知道是雷鸣，虽然来不及回答，但心里总是暖暖的。

他也有偷懒的时候，比如寒假开学检查作业的时候，我发现他有许多作业没有做，他骗我说他发现高一的知识学得不好，利用寒假在家复习巩固以前的知识，我轻易就相信了他。后来发现其他各科都是如此。我知道他是真的偷懒了，找他来解释，他脸涨得通红，支吾了半天无话可说，叫你气不打一处来。我罚他在走廊上补做了一个星期的作业，印象中这是他最老实最规矩的一周。他妈妈了解情况后，也很自责和担心，责怪自己在家过于放纵了他，担心这一次考试会一败涂地。

他果然没让我们失望——惨败。这下他才真正蔫了几天，隔几天就来问一次，还有多久考试，似乎铆足了劲儿要来一次逆袭。下一次考试的前几天，他拿了张字条，一定要我拍下来发给他妈妈，上面写着"你儿子这次考试已经复习得很好，一定不会筐瓢"，我笑他不要夸海口，他拍着胸说："您就等着瞧吧！"

那一次他真的考到了前三，宣布成绩的时候，他只差没有跳到桌子上去了。短暂的热闹后，大家又进入到安静的氛围中去了。晚二，他来找我了，说太激动了，根本无法平复自己激动的心情，也不相信自己能考得这么好，竟然超过了心目中的大神雷雷。我笑他太不稳重了。他说："我也知道要淡定、淡定，可怎么也淡定不下来。"

没办法，雷鸣就是个这样率性的孩子。可谁又能说，这样直率张扬真性情的雷鸣不招人喜欢呢？

沉默是金

我一直以为北川是一个挺害羞挺内向的男孩，他从来就不会咋咋呼呼，即便是你说到搞笑开心的事，也只能在他脸上看到一丝浅笑。大多的时候，古井无波，风轻云淡。他跟你说话，声音细细的，说到一半，好像后半句又憋到肚子里去了。在班级里，他是那种很容易让人忽略的孩子。

北川是典型的理科男，可惜英语不争气。其实我知道至少近期他在英语上是用了很多功夫的，可收获不大，英语试卷上那些不堪的数字让他傲人的理科有点黯然失色。这个世界最让人伤感的事是付出与收获不成正比。北川有点失落沉闷的背影，总是让我为他抱不平。

这样不挑事的男孩，让人很省心，唯其如此，才更会让人心疼。

北川也有让人刮目相看的时候。记得当时要他担任学习小组组长的时候，他开始推托得很坚决，我好说歹说，他才勉强答应了，并且说只能尽最大努力把小组带好。我知道他是个信守承诺的男孩，答应的事，一定会做到的。他们组在他的带领下果然风生水起。有一回月考，金来考得很差，到了班级倒数。北川很是着急，不止一次在随笔里说要去敲打敲打金来。别说还真有效果，金来后来几次一次比一次考得好，当然离不开他自己的努力，这里面大概也有北川的功劳吧。还有他们组两位女生，理科常常碰到想不通透的难题，这是北川的拿手好戏，经常看到他不厌其烦地帮她们答疑解惑，感觉他们小组就像一个其乐融融的小家庭。

有一回周总结，他们四个人配合默契，尤其是北川，在台上谈笑风生、张弛有度，还有点小幽默，全然没有平日里的拘谨。我发现，在北川身上有一圈光环在闪烁，格外动人。

研学的时候，时有小雨，北川总是悄没声息地帮你撑伞，宁肯自己淋着，也要替你遮风挡雨。回程有一节长长的路，光是走路都累得不行。北川一个人背着三个沉甸甸的书包，吭哧吭哧地走在后面，同学们嘲笑他怜香惜玉，北川脸上有细密的汗珠，也有浅浅的微笑，只是找不到一句话来回怼。但是，这样的北川，很暖很暖。

苔花如米小，也学牡丹开

王达和王杰

　　他们是一个模子刻出来的两枚硬币，一年多来，我都无法分辨出哪个是王达，哪一个又是王杰。王达告诉我，王杰的右边眉毛中有一块小小的伤疤，但不仔细看，根本分不清兄弟俩谁是谁，一样的穿着打扮，一样的黑边眼镜，一样的个头，一样的黑黑瘦瘦，一样的憨憨的微笑，一样的勤奋如一。有一次，我要找王杰，跟他交流班上卫生的事宜，讲了半天，结果他说："我是王达。"这样的笑话，大家应该都闹过很多次。

　　王达是学习小组组长，虽然不善言辞，但他能够身先士卒，做好本组成员的表率，在他的影响下，我们能够感受到他们组几个成员的改变：他们身上的毛病越来越少，学习的积极性越来越高。有的时候，榜样和示范要比说教和呵斥更有意义。

　　王达也是英语课代表，每天的听力，上午自习的英语作业，考试登分，一件件他都做得有条不紊，要是哪一天 Miss 吴忘记了布置作业，他也能及时给大家安排任务，让老师很省心。我知道王达申请当英语课代表是有私心的，因为他觉得自己的英语还不够好，所以想借能够多跟老师接触的机会逼自己一把，事实上王达的英语是有了长足的进步，所以这点私心是值得点赞的。

上个学期开学，选劳动委员的时候，因为王达，我第一个想到了王杰。所有的班干部当中，劳动委员应该是最辛苦最琐碎最需要务实的职务，有王达如此必有王杰。他果真没有让我们失望，每天的劳动任务分配，他安排得很细致到位。不清楚的同学，他会及时提醒，周日的大扫除他更是亲力亲为。有他在，我很放心。

王达和王杰总是起床最早的，下雨的日子里，在空荡荡的教室里，你最先看到的是两个伏在书堆后苦读的身影；在薄雾茫茫抑或是晨曦初露的田径场上，你也总能最先看到一前一后两个放声朗读的身影，不用说，肯定是王达和王杰。在我眼里，那是一道美丽的风景。

他们知道，爸爸妈妈要供他们两个读书不容易，所以他们生活上从不讲究，学习上从不放松，学业上从来都是佼佼者。我们都知道，身边有王达和王杰这样优秀的同伴，是何其有幸。像王达和王杰这样的，何妨再多。

思思和奇奇

奇奇好动，思思喜静，性格迥然不同，但一样可爱。

奇奇极其痴迷篮球：说起篮球，头头是道；说起 NBA，口若悬河；

说起詹姆斯、库里、欧文，一脸艳羡。科比巨星陨落，让他黯然神伤；央视停播 NBA 赛事，让他捶胸顿足。篮球迷们经常偷偷打开电脑，过一把篮球瘾，等到我发现，拿起鞭子佯装要打他们，其他人都作鸟兽散，只有奇奇，全然不觉，眼神痴迷，已然进入忘我的境界。他平时走路都不规矩，走几步还要蹦跶几下，手上做一个投篮的动作。虽然他球技一般，班级篮球赛很难轮到他上场，但他对篮球的热爱之心，绝对不容置疑。老师们时常感叹，奇奇要是能够分一半的热情到学业上，以他的资质，又怎会总是在中游迂回啊！

这不，晚自习，人家都在埋头苦干，他却在研究篮球技战术，研究如何增强手臂力量，我走到他背后看他好几分钟，要不是同桌提醒，恐怕他到下课都不会发现。我没收了他的书，要他自己撕了，他痛苦万状，拼命求情，定保证。我实在架不住他的"表演"，答应他进入班级前十就来拿书，他点头如鸡啄米。

自此，他倒是安分了不少，也时常能看到他早早进入教室，融入那些专心致志的身影。接下来的考试，他刚好跻进前十，宣布成绩的那一刻，他喜形于色，只差没有喜极而泣，好像比火箭队得了总冠军还要高兴。我刚进办公室他就屁颠屁颠地跟进来讨要他的宝贝篮球书。没办法，只能兑现承诺，让他放月假带回家。

但是前十也只是昙花一现，辉煌之后他似乎又恢复原状，名次也唰唰地往下掉。神啊，我要想个什么法子才能让他明白，生活里除了篮球，其实还有诗和远方。

思思，是个安安静静的男孩。大多时候，你看到的他要么安静地在座位上演算，要么在走廊的尽头背诵单词。最让老师们忍俊不禁的是，经常看到他一个人低着头在走廊一个劲地旁若无人往前赶，到办公室找老师也是低着头直奔目标，他不会跟你打招呼，你叫他，他才猛然惊觉，好久才回过神来，对你嘿嘿地笑。

你不能说他没礼貌，因为思思实在是个内心纯良的孩子。你看他回答问题的时候那个一五一十一板一眼的憨憨的样子就知道，你看他每次大扫除细心地打扫不放过任何一个角落几乎每次都是坚持到最后一个才走就知道，你看他野炊的时候做的一桌色香味俱全的佳肴就知道。我们也都知道，他们302几乎每周被评为"优秀寝室"一定有思思的功劳。

那一次，我外出学习，回来看随笔，思思在随笔里说：黄老师，你快回来吧，我们都好想你。你看，思思连表达情感也是这么直白。

在他这里，你可以一览无余，从内到外，都是那么通透。

杨帆和杨树

一直以来都觉得，杨帆跟我是挺贴心的。因为我每次跟他说话，都感觉很舒服，给他提出的建议，他也很上心，要他改正的不足，他也在积极践行。因此，一年多下来，杨帆一直都是处在一个向上的态势。

杨帆爱音乐，记得还是军训时，大家都不相熟，休息的间歇，教官要大家唱歌来活跃气氛，不知谁点到了杨帆，我们都觉得平时默不作声不显山不露水的杨帆肯定不会出这个风头的。没想到他非常大方地上台，有样有范，一口气唱了好几首歌，一边唱一边配合着节拍扭动，声音抑扬顿挫，高低有致，博得了阵阵掌声，收获了粉丝无数。杨帆吉他弹得很棒，经他巧手一拨，音浪袭来，时而高亢时而低回，有如潮水将你包围，让你很快就沉浸在他营造的氛围当中。

杨帆爱乒乓球，但球技跟奇奇的篮球水平有得一比。每次运动会的乒乓球比赛他都是第一个报名，但每次都没有打到第二轮，不知道真的是技不如人还是运气不佳对手太强，被淘汰的时候他深有遗憾又心有不甘，总是把希望寄托在下一次，对乒乓球的热爱也从来没有减掉半分。看到他在乒乓球台前长传冲吊、左右腾挪、奋力搏杀的样子，我心想，人生一定要爱着点什么，恰似草木对光阴的钟情，能够有深深地热爱着的事物是多么幸福啊！

我想杨帆一定是幸福的，因为他爱音乐爱运动爱生活，还在热爱学习的路上走得很稳当。

看到杨树，总是不由自主地想起清兵卫，虽然我并不知道清兵卫长成啥样，但感觉杨树就是现代版中国版的清兵卫。可能是他给我的感觉很神秘，可能是他从不肯把自己的一亩三分地在人前展示，可能是他太喜欢日语喜欢日本文化的缘故吧。

清兵卫脑袋瓜灵活，有鉴赏力，对事情的判断也很有见地，杨树跟他颇相像，虽然他很少露头露脸，特别是在大庭广众之下更不肯轻易表露自己的观点，总是以一句"不知道"来搪塞。其实从他随笔里面他没有控制住零星体现出来的真知灼见可以看出，从他经营日语社的思路和做法也可以看出。

其实，他这种个性跟他担任日语社社长似乎是有矛盾的，大概是终究抵挡不了热爱的力量，原来杨树也有把持不住自己的时候。

像杨树这样的人，问题目都那样特别，他不会像思思那样，使劲地往前冲，也不会像雷鸣那样张扬，问个题目要弄得全世界人民都知道。

杨树把不懂的写满了一张纸，夹在作业本里，上面有题目，大都是与生活息息相关的化学，有他自己的思考，有要跟老师探讨的地方，还有恳请老师指点迷津的客套，洋洋洒洒，字字珠玑。难怪刘老师一看作业就有点紧张，又要考试了，程杨树肯定又给我出试卷了。不过，我能从他的语气里听出欣喜和赞赏来。

大多的时候，他都是云淡风轻，喜怒不形于色，他跟我们，准确地说，是跟我们这些大人保持着一种若即若离的关系，从来就不会亲近，也从来都不曾离开。看他，就像雾里看花，水中望月，朦胧不真切，于我，他还是谜一般的存在。幸好，还有一年多的时间，我们慢慢走，沿途一定风光旖旎，身后也将洒满阳光。

嘉惠和嘉惠

如果说王达和王杰是同一个模子铸出来的两枚硬币，那么嘉惠刘和嘉惠赖就是开在田田荷叶丛中的两朵并蒂莲。她俩都在"三十七"组，身高相仿，身材一致，长期相处，连脾性都近乎同气连枝。日常里，表现的都是真性情，从来都不会藏着掖着。成人的世界里有太多的深藏不露、虚与委蛇，但嘉惠们的世界是真实的和透明的。

嘉惠刘爱哭，有什么心事都写在脸上，尤其是做不出让人头痛的数理化题目时，直接跑到办公室就哭开了。有一次，她在化学老师处诉苦，满腹憋屈无从发泄，说着说着眼泪就不管不顾地掉了下来。当听到李老师在说办公室里有个泡沫箱子拿回家可以养花种菜时，嘉惠刘一边抽抽噎噎，一边说："确实好……我们家的……都是种在这种箱子里……花和菜都长得很好……"听她这么一说，老师们一阵爆笑，不知道她是不是真的很伤心难过。小孩子的心事你不懂也别猜。

嘉惠赖也爱哭。她做事追求完美，"三十七"组在她的带领下，非常团结，气氛融洽。两个男孩子有时有点淘，嘉惠赖会很生气，要是还不听，她就会拿出她的撒手锏——眼泪，他们自然也会识相地收敛一下。拍母亲节视频，时间紧，每组只有几分钟的时间，他们组拍了好几次才勉强满意，拘谨的思思在镜头前很别扭。拍完后，嘉惠赖又觉得还有不满意的地方，想再重拍一次，这下思思不满意了，直接表示了不乐意。嘉惠赖的眼泪又来了，欢乐的"三十七"组笼上一片阴云。不过很快就会雨过天晴，不要多久，你准能看到嘉惠赖脸上开心的笑。小孩的世界里真是没有烦恼啊。

其实，她们又何尝没有烦恼，那些成绩的起起落落，那些书山题海里的煎熬，那些背后期待的目光，那些青春期里成长的至暗时刻，哪一样都绕不开，哪一样都必须用自己稚嫩的肩膀去扛。只是她们能够用眼泪用欢笑去应对，哭过笑过，生活里依然有平湖秋月霁月风光。眼泪欢笑里有她们青春最真实的模样。所以，我有时候真的很佩服很羡慕她们，因为成年人的体面总是在深夜溃不成军。

生活啊，请不要让她们改变太多，在喧嚣的尘世间，保持这份真性情，该有多么可贵！

待到山花烂漫时，她在丛中笑

超哥，超人

我在教高一的时候就认识了超哥，他在我心中一直都是"超人"一般的存在，到高二分班时，很想教到他，可惜有缘无分，总是失之交臂，然而对他的欣赏和佩服一直都不曾改变。

高一第一次月考，寂寂无闻的他居然考到年级第一名，而且傲人的数理化成绩遥遥领先。我找到他要他在总结会上发言做经验介绍，他很爽快地答应了，并且还来讨教过几次发言的要领，虽然说话吞吞吐吐，甚至还有点词不达意，有时一句话在他嘴里咿呀半天还不出口。我站在旁边替他着急，但他自始至终都是笑脸迎人态度又十分谦卑，让你没有理由不耐心待他。

本想着他会在发言中大谈特谈让他引以为傲的数理化，没想到他谈的是他有些蹩脚的英语，他谈他学英语的心路历程，谈他对英语的付出和收效甚微，谈他妈妈在他学英语路上的殚精竭虑。他声音洪亮全情投入，平时的饶舌一点都不见，他忘记了我给他规定的时间，忘记了台下的听众，完全沉浸在他对英语的爱恨情仇里。

自此，超哥声名大振，几乎全校师生都晓得高一有个"大神"欧智超。每每遇见我，不管人多人少，他都会非常大声叫黄老师，哪怕见你一百次他肯定也会叫你一百次，而且满脸堆笑，声音里的热情和温度，绝不含糊，保准你的热情也会被他点燃的。

超哥是强大的，他的强大来自他对知识追求的那种"咬定青山不放松"的执着劲头。刚下课，老师还来不及坐下来喝上一口水，第一个冲进办公室的一准儿是他，那个地方他还有疑义，那个地方他是这样想的，要求证老师可不可以，问题没弄清楚坚决不罢休，往往等到下一节课的铃声响起才匆匆道一声"谢谢"离开办公室。难怪超哥的理科成绩那样出色，即便是同高三学长们一起考试成绩也毫不逊色于他们，理科老师经常说要积极思考，不放过任何一个有疑问的细枝末节，超哥在理科方面的优秀应该就是这样练成的。

超哥的强大来自对自己有清醒的认识，懂得如何让自己全面发展。语文和英语是他的弱项，他在这两科上花的时间是有目共睹的。经常看到他饭后在走廊上大声地旁若无人地读英语，他问英语和语文时是老师们最痛苦的时候，可能是他在语言的领悟力上真的比别人稍逊一筹，别人一点就懂的东西他要一点再点，一个语法知识点邓老师跟他掰碎揉烂讲半天，他搔搔后脑勺说："我没听懂，麻烦您再讲一遍。"好不容易讲通了，他刚出门又立即打转，说还有一个小小的地方没弄清，需要老师再指点迷津，一向脾气好的邓老师也哭笑不得。但伸手不打笑脸人，只得又跟他细说了一番。他就是这样一道题一道题地啃，知识点一个一个地突破，虽然走得很艰难，但从来都不曾放弃，永远都那么乐此不疲，永远都那么如饥似渴。他的英语终于也能超过一百分，偶尔能突破一百二。我们都知道，对他来说，这里面的每一分都来之不易，他用他的行动诠释了什么叫"天道酬勤"。

超哥，平时看上去大大咧咧，心无城府，不修边幅，但他真的强大，他的强大来自他的内心。班主任刘老师告诉我们，别看他表面嘻嘻哈哈少不更事，其实他心里装着很多事，要承受很多其他孩子在这个年纪不能承受之重。超哥父亲去年因公受伤，三次开胸，一直卧病在床与病魔搏斗。前不久，终因医治无效，不幸离世。听到这些，我很震惊，一个孩子需要多么强大的内心才能对抗生活的不易。平日里，那个乐观开朗、以笑对人的超哥，暗夜里要忍受多少无助和绝望的煎熬，这些他选择一个人默默地承担，从来不在人前表露半分。

可他依然是个孩子啊，别的孩子还在求呵护求温存，但他只能独自面对、坚强成长。有些人，自己背着苦难前行，却将有阳光的背影留给了他人。就因为这样，也更让人心疼和佩服。

超哥，"超人"两字，不足以表达我的敬意，未来的路上，你一定会战无不胜的。

厚朴，远志

厚朴和远志是两味中药，药性冲淡平和，一如你；厚朴远志，顾名思义，醇厚朴实志向远大，也如你。所以，用厚朴和远志来形容厚哥是最恰当不过了。

厚个子小，面皮白净，浓眉大眼，一头短发根根直立。平时不喜多言，但一说话往往语出惊人。他讲诗词，说苏轼，沉稳大气，有板有眼，一个活脱脱的苏轼如在眼前，他就像一个满腹经纶的大学教授；搞朗诵，别人选择的都是清新雅致风花雪月文艺范十足的文字，他偏偏选了《纪念白求恩》里的"从这点出发，就可以变为大有利于人民的人。一个人能力有大小，但只要有这点精神，就是一个高尚的人，一个纯粹的人，一个有道德的人，一个脱离了低级趣味的人，一个有益于人民的人……"他讲《红楼梦》，摇头晃脑，恍惚之间，他又变成了老学究。

在厚身上有着跟他年龄个子极不匹配的老成。一看到他，我脑子里总是要蹦出"根正苗红"四个字来，他一上讲台，他那个一本正经的做派，总会把同学们逗得哄堂大笑，可厚依然不卑不亢，睥睨众生，真有点"众人皆醉我独醒"的味道。

厚本厚道之人，身为寝室长，身先士卒，卫生内务样样带头。要是哪个冒失鬼忘了搞卫生，扣了分，罚寝室长跟他们一起搞卫生，他也毫无怨言，不申辩也不抱怨，该做的和不该做的，他都会努力做好。

课堂气氛有点沉闷的时候，我最喜欢叫厚回答问题，一则兴许能从他那儿找到不一样的答案，二则他的"一本正经"保准能活跃空气，赶走沉闷和疲倦。厚也不会让我们失望，即便是把握不准的问题，他也总是能有他自己的见解，他的答案有时也会让大家心领神会，他的样子总是会让你忍俊不禁，就像一阵清风搅动了教室里凝滞的空气。

厚可以活跃空气，但他绝不是笑料。看得出，他是一个对自己极其严格要求，也高度自律的人。很多时候，他都能极早来教室并且极其安静地做自己的事情，尤其是前几次考试不理想更是让他憋足了劲儿想要力挽狂澜，果然从他后来的几次突飞猛进中，我们可以看出他的不服输不服气。懂得自律，懂得落后就是耻辱，懂得如何去逆袭的人，其志不在小呀！

写到这里，脑子里又浮现出了厚朗读的样子：一个人……厚，我不知道他算不算一个高尚之人，但肯定是一个纯粹之人。道路漫长，希望纯粹依旧。

定力，魅力

一直以来，熠语在女生中都是顶不爱说话的那一个，考得好，看不出她有多开心，落后几名，表面上看去也还是镇定自若。虽然我知道她内心已经波涛汹涌，但再大的沮丧和压力在她身上也是那么不着痕迹，这是需要定力的。

一个人的定力来自对自己生活和学习以及成长过程的体验和感悟的发现，更来自对未来和人生的掌控。熠语总是风轻云淡、宠辱不惊，花开花落、云卷云舒好像在她这里都掀不起波澜。每每在鼎沸的教室，周遭的喧嚣会被她自行屏蔽，她似禅宗入定，完全沉浸在自己的世界里。每次考试她都能保持优异，大概跟她的这种心无旁骛高度自律的态度是分不开的。

最让我佩服的还是在疫情期间，大家都待在家里，很多同学处于一种无人看管的状态。虽然也有网课，虽然也每天打卡，但屏幕的背后，有多少欺瞒哄骗，阳奉阴违，恐怕只有他们自己真正清楚。只有考试才是试金石，果然复课后的检验，很多人纷纷落马，原形毕露。倒是熠语是为数不多的仍然能够一如既往地保持优异，甚至更加突出。自此以后，她更加巩固了她的优势；接下来的几次考试当中更是让我们刮目相看。熠语不止一次让我感叹自制力对于一个读书人的重要性。

其实，定力也是能够产生魅力的。一个有定力的人，绝对是有魅力的。它不需要多么张扬，也不需要大肆渲染，它是自内而外散发出来的阵阵幽香。

我要熠语担任学习组长，她很忐忑，担心从来没有担任过班干部的自己驾驭不住组员们。我说，一个人自我优秀固然是好，但也不能囿于自我。他们既然选择了你，肯定是欣赏你佩服你相信你，所以你也要相信自己。她欣然接受。作为组长，熠语不怒自威，并且自己能做好表率。我发现他们组几个个性十足的伙伴真的在发生变化。你看，娇娇弱弱的鸾曦，变得坚强了很多，原来穿着打扮很是讲究的她，也跟熠语一样干净朴素了，特别是在岿然不动的熠语旁边也总能看到鸾曦的身影；你看，那个总喜欢特立独行的智涛，分组时坚定地选择了熠语，一定是被她折服了，果然他变得更加积极而沉静了，而且学习目标更加明确，话语里的正能量也更足了；你看，平时做事有点拖沓，作业有点打马虎眼的芝明在她面前也没有以前那么造次了，更知道去维护本组的荣誉了。我知道，这里面肯定有熠语的功劳，有些事情她虽然不说，但无声胜有声，无言有力量。我也很高兴熠语能够不只专注于自我，愿意把优秀和自律传递给他人。墙角的花，你孤芳自赏时，天地便小了。熠语是开在墙角的花，默默的，静静的，但绝不孤芳自赏，她是花中的顶流。

何须浅碧轻红色，自是花中第一流。

嫩竹犹含粉，初荷未聚尘

　　"花儿笔记"，好久没有更新了，我不止一次痛恨自己的懒散和懈怠。明明有大把的时间可以去支配，可宁愿裹挟在庸庸碌碌里沉沦，也不愿去做一些更有意义的事情，于是大把的时间就这样不着痕迹地流逝，枉自嗟叹。

　　我不急，他们急了。峥嵘很郑重地问我，"花儿笔记"要什么时候更新，卓和顺写来了"血书"，"花儿笔记，怎么还不更新？"让我猛然惊觉，他们其实都是挺在意的，只有我不够上心。还记得上次超哥妈妈的留言："今天读到黄老师写的《花儿笔记》对于我来说是莫大的鼓舞，从先生走后我强作镇静，尽量用微笑接纳生活所发生的一切，把心中的忐忑不安与痛深深地埋心底。这段时间脑子里老是想，先生做什么都那么认真、慎重，把生命看得如此珍贵，可还是走了，使我对生活失去了热情，做什么都感觉无味，静不下心并且没有任何积极性。今天看到《花儿笔记》，看到老师们对智超是那么用心栽培，我作为母亲没有理由不支持他，所以我必须把心定下来，让未来要走的路方向明确，坚定信念勇往直前地走下去，见证孩子的成长，这才是我下半辈子真正要做的，突然醒悟了，释怀了。感恩遇见。"

这又何尝不是对我的极大鼓舞？这些给了我坚持下去的信心和热情。

"花儿笔记"，我来了。

好吧，今天就来聊聊"白宫组"的这些小可爱。

可以说，"白宫组"无论从哪一方面来说都堪称优秀，这跟组长卓是分不开的。

卓，胖胖乎乎，说话大声大气，特别是在讲台上，他镇定自若，讲话字正腔圆，表情丰富，无论是总结还是表演抑或是朗诵，总是那么深情有感染力，他一招一式有板有眼，面色绯红，鼻尖上冒出微微细汗，样子要多可爱就有多可爱。他的每一次出场都能收获掌声无数。

卓的身上似乎有着一种天生的魔力，总是能够把大家凑到一块。每一次展示，不论是小组总结，还是才艺展示，白宫组总能让人眼前一亮，他们的展示可端庄大气，可幽默诙谐，可发人深省，总会让我们有意想不到的收获。这一切都跟古灵精怪的卓是分不开的。

卓也是典型的吃货，很多时候不是看见他在吃东西就是在找吃东西的路上。开学没几天，囤粮行将告罄，卓急得像热锅上的蚂蚁，站在教室走廊上翘首期盼，当看到同一版本的边医生出现在校门口，卓一脸雀跃。他吃方便面都吃得那样精致认真，从拆封，冲泡到搅拌，整个过程做得有条不紊，我注意到他泡方便面就跟他搞学习一样专注，一样旁若无人，吃起来也是一小口一小口地品，生怕一下子就吃完似的。什么东西到了他这里都成了人间美味，他又鼻尖泛红，似乎头顶都在冒热气，异香扑鼻，飘满整个教室，弄得有些人皱眉头，但他全然不顾。没法子，我只得把他赶到走廊上去享受。对待这样的吃货，我们能有什么法子呢？

课堂上，我喜欢叫他回答问题，不只是他说话的腔调，语气的热情，更有他对问题独到的见解，好几次，对某个问题的回答，只有他深中我心。他说得有板有眼，甚至眉飞色舞，我颔首微笑。那一刻，是一种享受。我也喜欢欣赏他搞学习的神情，尤其是他喜欢的科目，对待一道题，他真如对待一个汉堡一杯奶茶一样深情，他神情专注，眉头紧锁，目无其他，不受外物干扰。我想他的这种专注劲儿一定会帮助他成就许多东西的。

峥嵘跟了我两年，用温文尔雅来形容他最恰当不过。始终是浅浅的微笑，始终都谨言慎行，也总是给我们制造惊喜。

最记得才接触峥嵘，是他的坐姿打动了我。挺直的后背，双手平放在课桌上，眼睛定定地望着老师，完全是教科书式的姿态，很佩服他能在课堂上坚持这么长时间，也很佩服他的父母是用了多少心思才让他养成这样的好习惯。

峥嵘不喜欢说话并不等于他不会说话。大部分的时间他都是静默无声，但在该要说话的时候，他却很放得开。比如在小组总结中，他能用惟妙惟肖的表演把枯燥的播报展现得十分生动有趣；作为哔哩社社长的他在社员的招募会上，巧舌如簧，极具鼓动性和吸引力，本来我们并不怎么看好的哔哩社竟然人气旺盛。在有许多陌生老师参加的班会课上，我担心峥嵘会怯场，但你看他不卑不亢，娓娓道来，说到忘情处还辅以夸张的动作，他的风采给外校老师留下了深刻的印象。

峥嵘自创的视频、抖音以及经他巧手剪辑的视频总能给人带来笑声、启迪、思考，在那些跳动的画面中闪烁的是他的创意和智慧的光芒。每次在 PPT、视频下载、剪辑等方面遇到问题，找峥嵘准没错，他也总能三下五除二就帮我搞定。他虽然说得很轻巧，其实我知道背地里他是花了很多时间和精力的。从他身上，我看见了自己的落后和笨拙，后浪来势汹汹，很多东西他们无师自通，很多方面他们堪称老师。这个世界日新月异，年轻人总是游刃有余，我不能光站在岸边临渊羡鱼，再不学习，真的只有被淘汰的份儿了。

隔着窗，满教室新鲜的面孔，或低头沉思，或奋笔疾书，只有峥嵘始终正襟危坐，脊背挺直，脸上有一丝若有若无的笑意。这个样子，好乖。

顺是白宫组中唯一的女孩，短发，清秀，走起路来轻快利落。理科班女生本来就少，长期混迹在男生堆中，也没有了女生的那种骄娇二气，她看起来倒有了英姿飒爽的感觉。

她说话声音清亮，口齿伶俐，台风很大气，在讲台上从来不会畏首畏尾，是主持的好人选，也是白宫组不二的形象代言人，所以每次有活动，她都是绝对的实力担当。

没想到一贯属于乐天派的顺也有哭鼻子的时候，都是那些难缠的物理题惹的祸。她基础很好，成绩也不错，学习又相当刻苦，可物理成绩总是不遂人愿，那些力学电学题把她小脑瓜子绕晕了，花了大把时间，试卷上的分数始终迈不出 60 分这道坎，终于，笑口常开的顺也绷不住了，于是所有的不甘和委屈都付诸眼泪。不过，她的眼泪来得快，去得也快，一番思想工作之后，她又是那个元气满满、笑靥如花的潘顺了。

柠檬鸡爪是她的最爱，也是她最拿手的一道菜，放假开学她要带一大盆，隔三岔五她妈妈要给她送一盆，她端着那盆柠檬鸡爪，从教室走道一路发过去，教室里很快就飘满了一股浓浓的柠檬的清香味。我站在讲台上，顺冲上来塞给我一只大大的鸡爪，叫我无法拒绝。她的桌上有一堆鸡骨头，一看就知道她吃得很嗨也很不讲究，理科班的女生，还真没那么多讲究。

维维是他们四个人中间最不爱说话的。他喜欢静静地待在教室的一角，想自己的事情，就是不愿意开口说话。研学的时候，他也是一个人远远地落在大家身后，其他人说笑嬉戏，打打闹闹，这些都跟他无关。他时而低头像是在沉思，时而眺望远方，但目光散漫，不知道他在想些什么，踽踽独行，形单影只，有点落寞但也有点超然。加上他面皮黝黑，略显老成，在我看来，那真是个实实在在的"小老头"。

但维维绝对是个有思想、内心情感特别丰富的孩子。爱看书的孩子，应该都有他这种特质。读他的《虫眼》，你能感受到他思想的敏锐，他能透过现象去抓事物的本质，他能从简单的日常中观照生活的内在，激发人性的思考；读他的《写给父亲的散文诗》我能感觉到他内心涌动的炽热情感。他不说话，他什么都知道；他寂寂无声，但无声胜有声。沉默即是内敛，无声亦有情深。父母的恩情已经融入了他的血液里，感恩的种子在他心里发芽生根，枝繁叶茂。

老成的他也有张扬和疯狂的时候，元旦文艺会演，小组汇报时他和峥嵘讽刺搬水不及时现象的小品中，维维的表现让我们惊艳，也颠覆了他在我们心中原来的样子。原来他不是不说，而是知道怎样去说，在怎样的时候去一鸣惊人。这要比那些管不住自己的嘴，总喜欢叽叽哇哇，喜欢打口水仗的人要好得太多。他就是一座沉睡的火山，沉默的时候稳重庄严，喷发的时候激情四射。

外表并不出众的维维，倒还真是我心目中男神的模样。

白宫组这些可爱的同学，就像田田的荷叶丛中绽开的朵朵红莲，有的盛放到了极致，有的还打着骨朵儿，有的在枝枝叶叶当中躲躲闪闪，有的香远益清亭亭净植，有的娇花照水分外妖娆，他们未染微尘，清纯脱俗，在这微醺的夏日里，给我们送来阵阵清凉。

寻常一样窗前月，才有梅花便不同

你们是冬日暖阳，你们是夏夜凉风，让平静的湖水起了涟漪，让寻常的生活有了色彩。

一

又有好久没有写他们了，总是被烦琐和无聊裹挟，心中刚刚冒出点小火苗，很快就被迅疾升起的怠惰和慵懒碾压。我发现原来我也是拖延症患者，我在责怪他们拖拖拉拉的时候，自己又何尝不是如此？其实只要心中有了执念，有了未来要实现的目标，之前的许多陋习是会得以改变的，包括拖拉。大概智涛就是如此。

我认识他的时候还没有教他，但有两件事印象深刻：一是有次月考，我看作文，在千篇一律的老生常谈中，有一篇文章虽然书写很差，但生动的语言和字里行间里透露的思想打动了我，我毫不犹豫地打了高分。后来，李老师指给我说"这就是吴涛"，高个子，长头发，青春痘，小眼睛，眼神里不是特别友好，让我很是诧异，这样的他怎么会跟那样的文字产生火花呢？人是不可貌相的。我记住他的人也记住了他的文。还有一次印象颇深的是在三人制篮球赛上，他个子高，但是不够敏捷，甚至略显笨拙，虽然打得很卖力，但收效甚微。虽然场场都被碾压，但自始至终都没有放弃，我在可惜他的一米八几的大个子的同时，也为他的那股子拼劲鼓掌。

吴涛不是很适合担任寝室长，因为他老是管不住自己，而且动作拖拉，有的时候，熄灯铃响后，远远地就能听到他们寝室有很大的声音，一听就知道有他，你喊讲话的站出来，他定会乖乖地出来。有时他们寝室扣了违纪分，你去调查，第一个站出来的也是他，要么就是他自己违纪了，要么就是他没管好，反正都跟他有关系，而且态度很好，做保证也很爽快，叫你生不起气来。"伸手不打笑脸人"，能够主动承认错误又主动接受惩罚的笑脸人，又怎么"伸"得了手？

在他高高大大的个子里，包裹着一颗柔软的心。在他们这个年纪，多少都有一点叛逆，往往跟同龄人有许多话讲，跟老师和家长却鲜有共同语言，刚刚还谈笑风生，面对你却是沉默寡言。但吴涛不同，外表有点冷的他，如果你主动找他，他还是有许多话跟你说的，脸上有浅浅的笑，说话不卑不亢，有阳光和春风的感觉。他妈妈告诉我，在家里，他从不拒绝跟父母交流，学校里的任何事，他自己的快乐与忧伤，他对人事的看法，他都愿意跟他们说。曾经因为弟弟的出生，他可能觉得弟弟分走了他的爱而有些许郁闷，但很快又释然了。他妈妈告诉我，有一次接他放学回家，在他们开心地聊天的过程中，他居然清清楚楚地说了一句"妈妈，我爱你"。这样一句简简单单的话，居然从他嘴里说出来，他妈妈很感动，我在感动的同时还多了些惊讶。这样的场景该有多幸福啊！

吴涛不是一个合格的寝室长，但绝对是一个优秀的学习小组长。他是主动来当他们组的组长的，他们组厉害的人多，连"苏强"都愿意归他管，他也改变了以往的许多习惯。或许是真正到了高三吧，我能明显看到他的变化，他的书写比之前漂亮多了，进教室的后三位里也难以找到他的名字了，就寝的预备铃响后居然还能看到他不愿离开教室的身影。在吴涛身上，在他们小组身上，我感受到了涌动的激情，还有蓬勃向上的朝气。

虽然，这次考试吴涛并没有如我们所期待的那样一鸣惊人，以至于他妈妈对他现在的学习态度还心存疑虑，但我想说的是学习本来就是一个长期的循序渐进的过程，并不一定努力了就会立竿见影，更何况吴涛的变化已经给了我足够的惊喜，他的坚持、执着，他的心无旁骛里散发的自信是他立足于芸芸人海的资本，所以我更愿意相信他定会在下一次的考试中取得更大的进步。

二

我想我跟明祥应该是心意相通的，要不为什么读他的文字那么有感觉呢？

岁月，时光，大海的波涛，流泪人的眼睛，都在苍穹下悠悠远去。

细丝般的雨，不痛不痒地落下，却又如一个低吟的人，边流着泪边说着听不清楚令人心烦的话语。

雪花，它那转瞬即逝的美丽，是对这个世界独有的温柔。

天空中飞舞的这些精灵，若你怜惜它的美，请别握住她，就让她尽情飞扬吧。

明祥，他有一颗如诗人般敏感的心。他在孤独里与春风邂逅，与春雨缠绵，和冬雪做伴，与夏荷低语，哪怕是一片小小的落叶都会让他有无限的遐想。每一个不起眼的生命都能在他心底掀起波澜，领悟到不一样的东西，然而从他对春雨春风和雪花的感悟里，我又分明感受到生命的律动和向上的力量，也如少年的他们，有为赋新词强说愁的庸人自扰，也有终究掩饰不住的青春和阳光。这是一个让人羡慕的年纪。

这样说来，好像他是一个不食人间烟火的家伙，其实不然，他喜欢来点冷幽默，有时候冷不丁来一句，别人为之绝倒，他却面无表情，好像这一切都与他无关，很让人怀疑平时的一些恶作剧背后的始作俑者是不是他。

但他终归不是活泼之人，大多的时候是沉静的，教室里你基本感受不到他的存在，走廊里你稍不注意他会像影子一样飘过。如果你不去找他，他是绝不会来麻烦你的，哪怕你是老师。

这一次，估计他是真的受不住了。他悄无声息地来到我桌子边。"黄老师，我喉咙痛头痛全身无力，你要带我去医院。"我受宠若惊，欣欣然带他往边医生的诊所跑，看病、拿药、烧水、泡药，他在旁边努力地腼腆地笑，轻声地道谢。这一场感冒，能够让我们走得更近，也是值得庆幸的事情吧。

三

瑞给我的感觉是古灵精怪，有点像《西游记》里的孙猴子，动如脱兔但很少有静若处子的时候。你表扬他他在笑，你批评他他还在笑，就算有个时候因为气氛严肃硬憋着不笑，可转过背来，在你面前又是笑脸迎人。说心里话，我挺喜欢这样的他的。

瑞虽然个子不高，但篮球技术高超，动作规范，行动敏捷。在篮球场上，他在高个子中间穿插自如，腾挪躲闪，经常能制造惊喜，赢得阵阵掌声，这让他踌躇满志，打起来似乎更有信心了。当他还想如法炮制，可惜对手早已紧紧盯住他，他刚想起投的时候，人家一个狠狠的盖帽，篮球飞出了球场。瑞也不恼火，依然满脸堆笑，继续乐此不疲。他就是这样，爱篮球胜过爱一切。

所有的课程里，瑞最欢数学，在数学方面投入的时间也最多，有好几次数学考试还拿过班级甚至年级第一。我总是希望他能把学习数学的热情和方法用到其他科上，他虽然答应得很好，可执行力总是不够，所以每次考试虽然数学成绩喜人，但单靠一科是撑不起天空的，所以他的总成绩总是平平。哪怕你对他恨得牙根痒痒的，他还是那个"可恶"的笑模样。

他外在看似轻狂，里面却有一颗温暖纯良的内心。或许是喜欢数学，因此在他的随笔里，数学老师出现的频率特别高。他不吝笔墨地表达对数学老师的赞美。敏艳老师的敬业，他感动；她工作到深夜才回家，他担心；她孩子和学生两头都要牵挂，他感慨。徐嗲的学识，他佩服；徐嗲立马镇山河的气势，他赞叹有加。还有，作为二胎政策里"年长"的哥哥，字里行间里有骨肉的亲情，更有作为兄长的责任和担当。这些是他鲜为人知的另一面，也是我更为欣赏的瑞。

五月榴花照眼明，枝间时见子初成

一

很久以前，在嘉璇写的随笔里读到过，最幸运的是进了励志部，遇见了黄老师。其实，于我又何尝不是这样？我跟他的相识，可以说是最美的遇见。一路走来，他不断在制造惊喜。

他开始给我的感觉并不怎样，书写马虎，成绩一般，特别是跟堂妹嘉惠相比，更是相形见绌，他很多次都是我明里暗里讽刺的对象。有一次到"小镇火把"唱歌，其他人唱得热火朝天，只有他坐在角落里，安静无声，我们极力撺掇他来一曲，他也始终不为所动。在我印象里他是个很不自信也很不开朗的男孩。

差不多就要这样寂寂无闻地度过第一个学期的时候，他一个学期没有给我留下深刻的印象，有一件事却让我挺揪心的。他陷入了感情的旋涡，而且无法自拔。记得那天我们在田径场上走了很多圈。他很坦诚，没有遮遮掩掩，无论我怎么跟他说，他都认定了对方就是他那个众里寻他千百度，而今终于得以相见，并且要相守终生的人。我们走了很多步子，我也费了许多口舌，但难以改变他的想法，他只是答应我，会以学习为重，以前途为重。

我和他爸爸都忧心忡忡，但我们只能静观其变。

假期疫情来临，我们度过了一个长长的寒假。四月份终于开学了。在开学进行的第一次考试中，嘉璇成了一匹杀出重围的黑马，一举进入年级前十，而且一发不可收，以后的考试他几乎都是笑傲群雄，甚至登上了年级第一的宝座。

让所有人都大跌眼镜，他爸爸看到他的成绩老半天合不拢嘴。

高二重新分班，很幸运，我们还在一起。

我发现他变化好大，好像有点不像我原来认识的那个嘉璇。

有一段时间，他沉迷练字，一有空闲就练，别人闲聊嬉笑的时候他在练字，别人悠闲地看视频的时候他在练字，别人在蒙头大睡的时候他还在练字……还别说，好多本字帖临下来，他的书写真改变了不少，至少让人看上去舒服了好多。

他担任课代表，非常细致认真，特别是收完作业之后，还要统计好哪些是老师要在课堂上重点讲解的题目，记得清清楚楚，让老师非常省心。

作为"海夜听潮"组的当家人，他身先士卒，做好了他们组的好榜样，其他人还没进教室的时候，他们组却能到得快静齐，其他组人去楼空的时候，他们组还岿然不动。每次考后的反思总结，他们组做得很到位，并且能够给出有效的提升措施。特别是每次的周末小组总结，他们组总能别出心裁，花样百出，让我们眼前一亮。现在回想起来，那些欢乐有趣的场景还历历在目。

他热爱足球，说起中国足球，说起西甲、德甲、英超、意甲，说起C罗、梅西，总是头头是道，我知道，为了足球，他熬过很多夜，也费过很多心思，要不也做不到要他在讲台上讲足球能够口若悬河。

他很在意自己的未来。有一次还专门到办公室找我聊天，了解大学，了解专业，了解就业，我发现他说的那些绝不是泛泛而谈，因为从他做的生涯规划和"我的大学"的PPT来看，他应该胸中自有丘壑。

其实嘉璇真是个挺搞笑的人。他学易老师的华容腔，惟妙惟肖；他模仿刘老师在黑板上写字，有模有样；他演示徐嗲在讲台上的神态，生动传神。关键是我们在台下笑得前仰后合，他还是那么淡定和从容。

将近三年的时光里，他在成长，在蜕变，他妥妥地成了所谓的"别人家的孩子"。只是有一件事我一直都没有问过他，不知道现在他还有没有为感情的事伤神了。我想，不问也罢！

二

妍慧这个高三真是读得辛苦，妍慧是以文科思维见长的女孩，许多次考完试成绩出来之后，我都见她躲在角落里暗自垂泪，任何安慰对她来说都很苍白无力，所幸的是她流完泪，擦擦脸，马上又能投入到紧张的学习当中来，只是比以前更刻苦更用心了。

其实，除了学习成绩相比之下不够优秀之外，她做得已经够好的了。

妍慧身上自带正能量，也很有正义感。对于调皮男孩子们的违纪行为，她愿意管敢管，所以她值日的这一天，我是最省心的，明明就在办公室，也不需要进教室或者在走廊外偷窥他们的自习状况，因为有妍慧在。她一定早早地进了教室，威风凛凛地站在讲台前，眼睛扫视全班，哪里有响动，她眼睛一瞪，马上鸦雀无声。我不知道她哪来这么大的威力，能够让他们服服帖帖。或许只有自己行得正，做好榜样和示范，才有底气和自信去管理别人，别人也才会信服。

作为英语课代表，她也做得十分到位，读英语的早晨，她会比同学先到，也会比老师先到，早早地打开电脑，播放音频，保准 Miss 吴还在一楼的时候就能听到我们班整齐洪亮的读书声。每次考完英语，她跟王达配合默契，会把每个同学每道题得分情况登记得清清楚楚，吴老师一目了然，知晓分析试卷的时候哪些可以一笔带过，哪些需要重点了解。于同学于老师，妍慧可真是贴心的小棉袄呀！

妍慧本是个挺活泼的女孩。班级活动她向来都是抱有很大的热情，同学们也愿意找她合作，因为她不矫情不做作。杨树的日语社，妍慧是顶梁柱，经常看见他们下课时候还在咿咿呀呀地讨论，展示课上，她的表演果然很出彩，我不知道是不是地道的日语，但至少流畅有韵味。逸星的朗读社也找上了她，她又全情投入，她的配乐诗朗诵赢得了阵阵掌声。要是没有考试和分数的压力，妍慧应该会生活得很开心。

可是我发现她越来越不开心，也越来越不够自信了，都是这可恶的分数惹的祸。

幸亏有鸾曦这位好组长的及时安慰和疏导，在她情绪低落的时候，总能让她很快摆脱负面情绪的控制，能够在糟糕芜杂里得以昂起头来；幸亏有小平哆哆及时的思想工作和问题分析以及学法指导，她到办公室来的脚步更勤了，连走路都没有那么畏缩不前了；幸亏有同学们的惺惺相惜，彼此安慰，抱团取暖，集体的温暖能够给人无限的力量。这些让妍慧脸上恢复了往日的平和。

妍慧，你要明白，其实现在我们所认为的所有不堪，回过头再来看，也不过风花雪月般轻淡。相对于我们未来长长的人生来说，我们现在所过的人生里的种种都是最珍贵最值得领取的财富。在未来的某一天，我们回忆今天的每一个轻轻的拥抱，每一张温馨的笑脸，每一个激励的眼神，甚至每一次深深的打击，都是如此温暖长情。至于考试成绩哪怕高考成绩又能够决定多少未来，还真说不清楚。所以，懂得放下，放平心态，轻松前行，用快乐拥抱生活，拥抱学习，就让一切款款而来吧！

三

所有的男生里面就数赵添爱笑，碰到你在未开口之前总是笑脸相迎，不知道如何回答问题的时候他会很不自然地笑，哪怕是批评他，他脸上也会有一丝羞赧的笑意。他迟到的时候，冲着他一脸不好意思的笑，我也不好把他怎么样。

刚到新班级的时候，赵添胆子真的很小，"课前演讲"对于大部分同学来说是轻而易举的事情。看到他们在台上镇定自若、神采飞扬，赵添羡慕得很，轮到他，他早早做了精心的准备，要上台的前一天，他找到我说可不可以不上台，我鼓励他拿出勇气来，有了第一次，以后就好办了。他最后答应得很没有底气，也看得出他内心的忐忑。果然，第二天他讲得实在有点勉强，没讲几句就笑场了，后面甚至干脆蹲在讲桌后迟迟不肯站起来，终于讲完了，但我们都不知所云。他的第一次演讲就这么糊里糊涂地结束了。

不过，人总是会变化的，胆量和勇气也会随着时间的推移而日见增长的。赵添就是这样的。士别三日，当刮目相看。

我没想过他会主动申请担任班级乒乓球社的社长。或许是太过热爱吧。还别说，当时的乒乓球社在他的带领下活动搞得有声有色，他们社的展示也别具一格，讲台上的他也从容淡定了许多。时间褪去了他的扭捏和青涩，赵添也长成了个沉稳的小伙子。

大体来说赵添还是个安静的男孩，安静的孩子一般都喜欢阅读，他也是这样。他尤其喜欢《水浒传》，许多次他沉浸在梁山一百零八好汉的爱恨情仇里，我走到他身边都毫无察觉。我总担心他过于沉溺会影响到学习，但又喜欢读他写的《水浒传》读后感，欲罢不能，这可是个两难选择呀！难怪赵添有时也能写出让阅卷老师青睐的作文，难怪他的有些文字读起来很有感觉，这跟他爱阅读的好习惯是分不开的。

第一次调研考试，平时成绩平平的赵添人品大爆发，居然进入了六百分的圈子，这个猝然而来的惊喜让他自信心大增，学习积极性爆棚，在人头攒动的教室里总能找到他伏案苦钻的身影。这也让我更相信他，相信他有着无限的可能。但是，前进的道路总是有曲折性的，这中间有柳暗花明的惊喜，也会有千回百转的迂回。果然，接下来的考试，把赵添又打回了原形，给他熊熊燃烧的热情兜头浇了一盆冷水。我虽然也替他感到遗憾和委屈，但还是要安慰和鼓励他，做那只"小强"，做那一颗"铜豌豆"。毕竟他是赵添，我知道他的天空会很快多云转晴的。

我又看到了赵添脸上明净的笑。脸上有笑的人心里一定住着阳光，人生海海，前路漫漫，不管未来如何，赵添都不要丢了这份让我们感觉特好的温暖和舒心。

接天莲叶无穷碧，映日荷花别样红

"二三三一"组是个比较纯粹的组，说它纯粹，一是她们是清一色的女生；二是从建组以来，她们组四个成员一直都没有变动过；第三个原因是她们组风清气正，团结向上。我不知道"二三三一"这个名字的寓意，我也没有问过她们，但这个名字就跟她们一样特别，我相信很长时间都不会让人忘记的。

看"二三三一"的小组日志，就像走进了她们的闺房，温馨馥郁扑面而来，秋天里的第一片落叶，冬天里的第一朵雪花，励志西边角上的那一抹夕阳，楼前老树冒出的第一棵新芽，都要让她们欢呼雀跃。还有突然而来的小确幸，更多的是考后起起落落的欢喜与忧伤以及彼此不离不弃的呵护与鼓励，让我感觉她们真是亲如一家。两年来，她们四个人成了一个有着超强凝聚力的整体。正因如此，"二三三一"的进步有目共睹，"二三三一"的未来更让人翘首期盼。

一个优秀的组长，不但可以成就自己也能成就一个小团队。"二三三一"的优秀跟莉莉的用心经营是分不开的。她的小心呵护和努力浇灌让这个小花园争奇斗艳，日渐蓬勃，在春光乍泄里莺飞草长，在白雪纷飞里暖意盈盈。

记得当初要她担任组长，她惊得掉了下巴。莉莉说："我成绩这么差，能力也不强，我何德何能居然让您这么看重？"我也说不出多少理由，但数来数去，觉得她还算比较合适。鼓励的话说了不少，但我心里对她还是没有足够的信心。先让她试试再说吧。

这一试，效果非凡，她的才能一次次证明了我当时的选择是对的。她很快就把"二三三一"拧成了一股绳，组内的学习风气日渐浓厚，个别组员可能有一点点偷懒的苗头，都被她及时跟进并且扼杀在萌芽状态中，她们读书作息生活都似乎在整齐划一的频道中。或许你看不到那些暗地里的较劲和比拼，但摆在面上的成绩的提高却是明明白白的，开始并不起眼的她们成绩在噌噌地往上涨，有一次还竟然拿到了第一，荣誉"最佳天团"。特别是莉莉自己，有了巨大的进步，那段时间，我看到她走路生风，说话的声气都高了许多，整个人也自信了很多。

她可以说是负责任也最有威信的生物课代表。读生物的早晨，她早早地站在讲台上，吆喝着大家开始早读，接下来到教室巡视，看哪一个没有按要求做，她会及时提醒，然后她顺带帮刘老师把作业也检查了。看到她在教室走道穿梭，有条不紊，游刃有余，常常感叹，这哪里还是以前那个因为考不好而哭鼻子的小姑娘啊？

虽然她现在还是有考不好的时候，有时面对那个超低的物理成绩也有些麻木和无语，但我知道她一定不会做那个枉自嗟叹的可怜虫。凭她这股子拼劲，凭她现在自内而外散发的自信，这些都应该不在话下的。

宇和健是我的老家人，每每想起她们也会跟我小时候一样在那一片熟稔的土地上沐浴春风，享受阳光，感受我们共有的最原始最质朴的乡情的时候，自然会在心底里升起无限的温暖和亲切之感。

健的语文成绩是杠杠的，清楚地记得那年招生考试，她是凭借语文最高分才得以录取。一年之后她终于成了我的弟子。果然她在语言的感受和领悟力上是有过人之处的，碰到别人都难以回答的问题我总喜欢叫她回答，因为她理解到位，条分缕析，往往能给出让大家频频颔首的答案。只是这么多次语文测试，她都还没有一个特别让我满意的分数，每每想到这，于心总有惴惴不安之感，于是又把希望寄托在下一次了。

大部分的同学要么是独生子女，要么是家里的老大，健是她们中为数不多的有姐姐的人。她姐姐在她的生活和学习当中充当了最重要的领路人。她姐姐读书考研实习工作的经历给了她很大的精神动力，还在生活中给了她无微不至的关怀。我看到她姐姐的次数要比她妈妈多，过问她的学习生活的也是她姐姐要多。这也是我跟同学们最羡慕她的地方。要知道，曾经我读书的时候也是多么羡慕那些有姐姐的人，姐姐帮你洗衣服，姐姐给你零花钱，姐姐还给你热饭热菜，在你受伤的时候，姐姐会给你最贴心的安抚。在这一点上，健该有多么幸福。只是，健，你要记住，将来不管如何，你最不能亏欠的是比你年长不了多少的姐姐呀！

宇是她们四个人中最沉静的那个，朴素的穿着，清浅的微笑。惊喜来临她不会太过张扬，山雨欲来她也照样淡然处之。哪怕内心波涛汹涌，但脸上永远都是风轻云淡。她就是春天里那条静水流深的小溪，缓缓流淌，哪怕再缓慢，始终在朝前方涌动。

如果说莉莉是"二三三一"这条大船的舵手的话，那么宇绝对可以算是定海神针了，一个可以保证方向，一个可以让船行得更加稳当。宇总是她们中到得最早最心无旁骛的那个，谁有问题，她会耐心地解答，谁考砸了，她会递过来有温暖鼓励的字条。唯独她自己考差了的时候，还依然能够坦然面对，脸上依然有清浅的笑。在我的鼓励之下，她终于鼓起勇气到办公室找老师分析失误的原因，最可喜的是她能够很快地调整过来找到问题的症结，在下一次考试当中完成逆袭。

璐是"二三三一"组里最能给我惊喜的那一个，老实说，刚认识她的时候我并不看好她，不爱说话不爱笑，远远地看见你恨不得躲到墙柱后面，勉强叫你一声，声音似乎还没出口很快又缩回去了。成绩本来平平，还加上心思不专一，跟她做过几次工作，也收效甚微，我很担心她会就这样庸庸碌碌下去。

不知道是组员们的感召力太强还是她的及时醒悟，她这株像散落草丛的野菊花，竟然愈长愈明丽，愈来愈香气袭人。她先是在理科方面崭露头角，可以跟那些骄傲的同学比试比试，然后英语也是突飞猛进，随之而来的是名次的飙升，甚至能够跻身到班级前十。可以说，她们组的大进步，璐是立下了汗马功劳的。而今，你遇见她，她会冲你甜甜地笑，原来她笑起来的样子也是这样怡人。

人都是会发生变化的，尤其是当你身处一个优秀的团队。莉莉的"严加管教"可以让女孩们端正自己的态度，修正自己的行为，养成良好的习惯。宇对待学习的敬畏之心，也会使她们耳濡目染。没有谁天生就是优秀的，这中间有长者的教化、同伴的引领，当然也少不了自省，所以在这样一个纯粹的小环境里，想不优秀都难。

将近两年的时光里，在励志匆忙奔走的身影里，在教室苦心钻研的人群中，在晨光熹微和夕阳如火的背景里，"二三三一"不是那道最亮丽但绝对是最特别的风景线。她们日志封面上写有"七碗三盏"的字样，这或许是对她们平淡质朴清新自然的最好诠释，"人间烟火气，最抚凡人心"，走近她们，你会感觉安稳、温柔。

那些惊艳到我的人

一

这一年，有些人惊艳了时光。高三，注定是属于奋斗者的，这一路有多少失败和挫折带来的苦痛，也就有多少收获和成功的喜悦，这一段闪光的青春是他们人生长河里那一朵耀眼的浪花。

晓宇才来的时候，我几乎每次都叫错了她的名字。我总是叫她"宇晓"，我一叫"宇晓"，同学们就哄笑，我赶紧更正过来，可下次又依然如故，弄得我好尴尬，嘲讽自己的"老年痴呆"，但晓宇总是不置可否，她不恼，淡淡地一笑，大有一种"大人不记小人过"的大度。

但是大度的她"毛病"真多，经常头痛失眠，隔三岔五就要她妈妈来校送这送那，很长一段时间都不能适应分班后的学习和生活。回家后，她基本上是沉浸在手机的世界里，每次接到她妈妈的电话，感觉到声音里满满的都是焦虑。吴老师曾告诉我，晓宇是她原来教的班级里女生中顶尖聪明的，但我丝毫都没有感觉到。

真正让我对她另眼相看的是平时不显山不露水的晓宇居然要竞选书法社的社长，她在台上侃侃而谈征服了大家，理所当然荣任社长。书法社在她的带领下风生水起，她的书法作品也屡屡得到大家的赞赏。上一届高三快毕业的时候，某一天在楼梯间猛然惊现一堵表白墙，大多表达对高三学长们的激励和祝福，那些文质兼美、书写漂亮、排列整齐的小纸片，一路读过来，会让人心底里油然生出一股豪气，会让脚步自然加快几分，这也是对高三学子们的一种最好的激励方式吧。后来我知道这个创意和举措都是来源于晓宇，我没有感到惊讶，但在心底里对她会生出几分敬意来。

不知从什么时候开始，教室早到的人影里，除了王达王杰，晓宇也赫然在列。开始我还以为她只是一时心血来潮，偶尔为之，但次数多了，不得不让我对她重新审视。是那一次语文得了最高分后开始的，还是那次数学竟然上了 140 后开始的？我不知道，我只知道在室外还是灰蒙蒙看不真切的时候，在室内清冷的空气里，在惨白的日光灯下，就在那个小小的角落里，我总能找到晓宇奋笔疾书的身影。

从前娇娇弱弱的她，俨然成了一架所向披靡的战斗机，这哪里还是那个她妈妈眼中"弱不禁风"的晓宇？高三是个大熔炉，在这个熔炉里，她在历练在新生，在长成我们更欣赏的模样。

二

逸晨是个典型的文艺男，他身上散发出来的文艺气质与他多年对文字的专注和涉猎广泛是分不开的。所有的社团里，我独钟情于他的朗读社，每一次的展示都能让我们眼前一亮。设计新颖，底蕴深厚。他讲卡夫卡，他讲意识流，他讲灵魂的皈依，他在讲台上一套一套口若悬河，把"苏强"等一众"钢铁直男"们惊得目瞪口呆。他当主持人更是游刃有余，面对突发状况也能处变不惊。潇洒自若，举手投足里，散发出的是气质，一言一行里彰显的是内涵。难怪我们工作室里的小姐姐们都对他佩服有加。逸晨确实是有魅力的文艺男生。

逸晨是个特立独行的人。有才气的人往往也是有个性、有傲气、倔强的人，逸晨应该也是如此。可这些也是一把双刃剑，它们可以让你保持傲岸，不会轻易受外物的左右。在这个世界上能够保持独立，不染于污泥，不妖于清涟，还真不容易。但是太过独立就会近乎偏执，往往有些正确的意见也会随意忽略。于是你会要走更多的弯路。逸晨是个很有主见也很有思想的人，这一点在学习上也能体现出来。曾经很有一段时间，逸晨都喜欢按自己的方式去学习，总认为自己认定了的就是最理想的。课堂上让我最着急的是他不抬头，更不会及时跟老师互动和交流，要么听一会儿就低头去做自己计划的事情，要么干脆按照自己的方式去学习。他很快就尝到了苦果，成绩一退再退，外表不在乎的他内心其实很崩溃，但又不肯轻易认输，于是一试再试，可结果总是被现实狠狠地打了脸。幸亏逸晨还不是个真正冥顽不化的人，还是知道及时止损和改变。兜兜转转，总算恢复了些元气，只是一直都还没有达到我所希望的理想水平，当然离他自己的期望值就更远了。不过，我始终都相信，他很快就能用事实证明他的强大的。

逸晨也是个有趣而严谨的人。他本是儒雅之人，却给他们小组取名为"菜花庄"，我不知道用意，但大雅与大俗在他们身上得到了完美的体现。你我本是平常之人，做的当然也是普通之事，所以谁都免不了俗。但芸芸众生当中，我又是与众不同的存在，我有千人一面的共性，但也应该有独立不羁的个性。这一点，"菜花庄"做到了。在逸晨的影响下，他们组"儒气"十足。杨树不用说，本来就是妥妥的文艺小青年；厚哥看上去不苟言笑，但他的严肃里能够让我窥见学者的风范；特别是大大咧咧的志勇，也被他们调教得文质彬彬，说起话写起文章来跟他粗犷英武的外在完全不同。这些跟组长逸晨是分不开的，有怎样的组长就会有怎样的队友。逸晨的严谨在生活上体现得淋漓尽致，他的床铺永远都收拾得整齐精致、一丝不苟，他的穿着永远都是熨帖有致，那叫一个讲究。他的严谨还体现在管理小组上，什么事都能做到身先士卒，在他的带领下，他们小组最团结也最给力，学习上齐心协力。一年多来，大家的进步是有目共睹的，哪怕就是一次小小的展示也要做到别具一格。小小的"菜花庄"被他侍弄得有声有色，蝶舞花香。

逸晨，你是一颗星星，虽有蒙尘，虽有流云，让你还不够璀璨，但乌云始终是遮不住太阳的，有一天，你一定会大放光芒的，相信为期不远。

三

女生当中，鸢曦是最让我惊艳的。从高一到高二到高三，她跨过了三个不同的台阶，这里面有蜕变有飞跃也有突破，她用将近三年的时间完成了一次华丽的转身。唯其如此，她将来达到一个怎样的高度，我都不会惊讶的。

有关高一的时候的她，大多都是道听途说，周老师说她的数学思维是相当不错的，他非常看好她的高三。她是让宝嗲有点头疼的人物，鸢曦感情丰富，掉入了早恋的泥淖，有点难以自拔，很多次看到宝嗲在办公室跟她促膝谈心，也经常看到她爸妈跟宝嗲一起商讨对策。我时常感叹，为了她，可能喻老师本来就少的头发不知又要掉落多少。她的高一过得懵懂。

高二分班，她来的时候也没有给我留下太多的印象。只知道她有点另类，特别在穿着上与其他女孩子们有点不同，可以用新潮来定义。不晓得什么原因，她似乎与老师之间有天生的隔阂，她绝不会主动来亲近你，更不会跟你袒露心声，甚至对你主动的示好她都会有点抵触。幸亏她跟了一个好组长熠语，熠语的安静内敛和勤学对鸢曦有着深深的影响，或许是她真正改变的开始，鸢曦也变得安静了。尽管她每次经过二班走廊还有点神不守舍，尽管她内心可能还没有笃定的目标和前行的坚强动力，但她的高二在向好。

真正的改变在于高三。她能主动申请担任他们小组的组长，是我始料不及的，他们组组员的成绩参差不齐，还有几位学习习惯不是很好，她能毅然挑起这一重担是需要勇气和担当的。在她和王达的带领下，他们组大有改观，更大的变化来自鸢曦自己。她一直都保有对数学的热情，尤其是徐嗲教我们班以来，更是点燃了她学数学的激情，有的时候，她来问数学题目，一待就是几十分钟，问的题目也能体现她的见解和思考。徐嗲对她盛赞有加。果然她在接下来的月考中，居然拿到了数学的最高分，在班级的名次也提升了不少。这些并不意外的惊喜点燃她的激情，她本来就是一座小火山，就只差了这根导火线。如今，这个小宇宙爆发了，她走路的姿势都变得风风火火了，她脸上的笑也更多了，人也变得更加自信了。在如林的高手里，她也是谁也不可小觑的一枚学霸。

四

金灿最不喜欢多讲话了，也不喜怒形于色。考得好，你看不出他有多么欣喜若狂，考得差你也感受不到他的沮丧和颓废。你表扬他抑或批评他，他总是浅浅地笑。小小年纪，修炼到如此静水流深，也是极让人佩服的。

金灿在班里人缘不错，应该跟他处世淡然、与世无争有很大关系。言语当中没有攻击性，行动中更不会触及别人的利益，自然能够跟别人处得皆大欢喜。他们这样的年纪，是最不擅长于隐藏自己的，他们的锋芒毕露、嬉笑怒骂是一种率真和可爱，但金灿的韬光养晦、深藏不露亦是一种境界。

看金灿的成绩，有点像坐过山车。他可以一下子跃居前十也可以很快就掉到后十几位，看得他妈妈心惊肉跳，但他还在淡淡地笑。找他分析原因，笨嘴拙舌的他也说不出个子丑寅卯来，只是答应下次一定赶上来。有一次，因为他进步特别大，我要他到年级总结会上做进步经验介绍发言。我觉得这是对他进步的最好的奖励和最大的激励，想着他会稳坐江山、一马平川，没想到他下一次马上掉下来了，而且还不是一般的退步，他用鲜血淋漓的现实狠狠地打了我的脸，叫我欲哭无泪。

他的这种状态很让人抓狂。你寄予厚望，他很快就能给你浇一盆冷水；你心如死灰，他却又能绝地反击。他就在这种纠结迂回、起起落落中度过了很长时间。直到最近的两次考试，他才终于稳定下来，连续几次都考进班级前列，我想这一次我该有理由相信金灿的下一回了吧！

五

嘉俊是个古灵精怪的家伙，时不时来个冷幽默，逗得别人捧腹大笑。男孩女孩都喜欢跟他玩，他就是个永远都长不大的孩子吧。嘉俊还是个非常有礼貌的孩子，在教室在走廊在操场在餐厅，他见你一回就要叫你一次，面带微笑，态度真诚，不厌其烦，哪怕只是单调的一呼一应，心底里自然会升起温馨惬意之感。跟嘉俊相处，就是这么轻松温暖，难怪有这么多人都愿意走近他。

高二嘉俊进入少年班，于他来说是一次跨越式的成长。他的学习积极性明显有提高，等于是提前进入高三的状态，尤其是平时跟高三一起参加考试，偶尔也有惊艳之举。记得有次化学考试，嘉俊的成绩就算放到高三也在前三位，这个惊喜既给了嘉俊信心也让同学们很受鼓舞。到现在嘉俊的化学都杠杠的，我以为跟他那次的爆发是有很大关系的。少年班的历练，给了嘉俊强劲的动力和自信，让他昂首挺胸迈进高三，开启高三的辉煌。

高三是属于嘉俊的，尤其是跟雷雷组队，他们这一对油烟坛子组合，产生的化学反应让他的高三渐入佳境。他懂得让自己各科全面发展，他懂得更加合理调配时间，他明白了拼搏的意义，并且能够用更加严格的自律来管理自己的学习和生活，在几次大型的考试当中，嘉俊发挥超级稳定，次次都能挺进 600 分的行列，让我对他有了更多的期待。高三的嘉俊少了少不更事和嘻嘻哈哈，多了沉稳和内敛，他就是一支蓄势待发的小火箭，随时准备着去开启自己的星辰之旅。

2021，岁末的钟声已经敲响，但这些惊艳到我的人和事，不会沉寂，他们和她们会让我对 2022 的期盼更加强烈，心心念念，必会成真。

虎虎生威向未来

每个人的心里，都藏着一个了不起的自己，只要你不颓废，不消极，一直悄悄酝酿着乐观，培养着豁达，坚持着善良，只要在路上，就没有到达不了的远方！

他们现在在学业上或许不是最优秀的，但他们一样都有过人之处，更重要的是他们不颓废不消极，对周围愿意释放善意，并且一直都在悄悄努力，尽力活出最亮眼的自己。太阳有耀眼的光芒，月亮播洒着清辉，星星在隐约的云层中，同样在闪烁微光。

一

这一届的学生当中，我是最早认识杰西卡的。还是中考成绩出来了要填志愿时，他跟同学到励志部考察，是我接待了他，他很健谈，有主见，有礼貌，说话很恰当，与陌生人打交道一点也不怯场。他的高情商给我留下了深刻的印象。所以高一他虽然没有在我班上，但还是经常关注到他。

但第一印象有的时候也会骗人的，他并没有我感觉中的那么好。正因为能说会道，容易给人油滑之嫌，不知道是因为遇人不淑，还是人以群分，反正高一他结交的人没有给他带来多少正能量，使得他在对待自己的学习态度上大打折扣，伴随而来的自然是学习成绩的不尽如人意。所有的放纵都是要买单的，难怪他后来想要奋力追赶，可发现还是举步维艰，积重难返带来的痛苦让他寝食难安。

被放纵和散漫偷走的功力要恢复起来必定有一个漫长而艰难的过程。杰西卡一直都走在这一条路上。所幸，虽然艰难，虽然时不时还管控不住自己，但他一直都在努力朝前走。

所以，他偶尔也能考出很不错的成绩，但毕竟亏空太多或者时不时要露出不自律的毛病，很快又打回原形。他就在这种成功的欢喜和惨败的失落中轮回。让我欣慰的是他始终都没有失掉斗志，成功后他是摩拳擦掌，准备大干一场，失败后虽有几天的沉迷但只要你给他鼓鼓劲，他很快又能斗志昂扬了。

杰西卡可能在寝室神游到很晚都不睡觉，却又在第二天连午睡都不睡在教室刷题；他可以在上课分神，下课了又马不停蹄到办公室请教没听清的知识；他可以被刘嗒嗒骂得狗血淋头转过背又死乞白赖地缠着问题目。他总是这样矛盾地存在。

杰西卡还是个富有表现欲的人，你要他参加一个什么节目，他不会扭捏作态推推让让。这一点，我很欣赏。我清楚地记得元旦晚会上他奔放而活力四射地演绎歌曲时的张狂，我也记得班会上他唱 Beyond 的《光辉岁月》时的声嘶力竭，我还记得家长会上他临时起意一边动情演唱《父亲》一边挥舞手臂的感动。就是这样一个杰西卡，他会给你带来烦恼也会给你欢喜。

杰西卡跟我说过，他不相信自己总是在下游沉沦，有朝一日，他会让所有人惊叹的。这一点，我相信，因为他是杰西卡。

二

芝明是个很合大套的人，他跟谁都玩得来，所以每次大家调侃和开玩笑的对象往往都是他，可即便是调侃芝明，他也一点都不恼，总是一笑而过。

一米八几的芝明，说话的声音细细的，他每次找人说话，几乎总要弯下腰低着头贴到人家耳朵边，而且一开口总是"我想跟你说个事"。于是，这句话成了芝明的标配，大家找他，跟他说话，一开腔就是"芝明，我想跟你说个事"，于是，哪里有芝明，哪里的空气都要快活几分。

我也有话对芝明说。

芝明，我想跟你说个事。你从青海跨越千山万水到家乡求学，为的是奔个好前程，所以请你一定把学业放在第一位。我知道，想家的滋味有多苦，尤其是妈妈没在身边的日子有多难，每次跟你说起这些，你偌大的个子眼里有泪花，但好男儿志在四方，忍得一时相思苦，方有未来岁月长。好好学，努力学，再过一百来天，你和妈妈都会守得云开见月明。

芝明，我想跟你说个事。假期不只有团聚，更是用来聚能和赶超的。以往每次收假检查作业，你几乎都是一塌糊涂敷衍了事。基础本来就不牢固的你又生生地比人家落下了一大截。可气你只长个子不长见识，别人一个暑假查漏补缺扶强补弱，可你一夜回到解放前。这个假期，希望你把手机、游戏和相思都暂置一旁，全力以赴，拼一个日升日落，拼一个山高水长。

芝明，我想跟你说个事。我知道这个假期你应该是铆足了劲儿。高考报名后，马不停蹄地赶回来上课，一定让你妈妈震惊又欣慰。看到你奔走在出租房和教室的匆匆身影，看到你在教室的苦思冥想，看到你假期在自习室里的专注，我也很开心，我有理由相信今年6月山花烂漫时，属于你的那一朵会开得分外艳丽。

芝明，我想跟你说个事。你说你走的时候不要黄老师开欢送会，怕耽搁大家的时间。你有这个想法，我真的很欣慰。你想到更多的是他人，这是一种成长也是一种担当。你要相信，不管怎样，你和他们还有我们，走过春夏秋冬，寒来暑往，早已凝聚成一座高山，我们虽然不能肩并肩，但我们心连心，海内存知己，天涯若比邻。那些战天斗地的日子，一定会成为我们共同的财富，一定会成就我们美好的未来。

三

这个寒假，经常能够看到奕诚妈妈发来他在家专心学习的图片，那个伏案苦学的高大背影倒让我很是惊讶，酷爱篮球，离不开手机的他能如此专心向学，真是不容易呀！

很多次他在寝室或者厕所磨蹭，让我在教室把眼睛都望长；很多次姗姗来迟，在众目睽睽之下由最开始的不自在到后来的习惯成自然；还有那些滑得像泥鳅的单词他总是抓不住，每次提醒他抓词汇抓词汇，虽答应得好好的可转过背来又置之脑后。我不止一次接到他们组组长的投诉，说他不配合工作，不服从安排。正是这些不紧张不自律让奕诚的成绩变得很平庸。我担心他也会习惯所处的位置，把不优秀当成理所当然。

要知道，他曾经给我留下过很好的印象，他善谈有主见，愿意主动向我敞开心扉，我们虽有年龄差异，但聊起来没有违和感。跟父母跟老师，他都有话可说，像极了朋友。

是他变了吗，还是我的眼光变了？或者是他本还是如此，而我在用更高的更挑剔的眼光审视他？这样想来，内心不免忐忑。

其实，奕诚还真有一些长处，只是我们过多关注学习往往忽略了这些，一叶障目，不见泰山。他虽不是班上最会打篮球的但却以渊博的篮球知识赢得了篮球社社长一职。平时性格温和（不发脾气的时候），说话细声细气的他说起篮球说起 NBA、CBA，说起詹姆斯、科比，说起挡拆、卡位来，头头是道、如数家珍，很快就能招来很多粉丝。他块头大但友善，和谁都处得来，他和谁都不争，和谁争都不屑，这是需要气量和涵养的，但是他有，这些一定跟他的爱阅读有关吧。

他有进步，他偶尔也可以到得很早，他在教室的时候变得更加专注了。或许是因为位置上的变化不大让我忽略了他态度的变化。但我相信这些细小的变化集聚起来一定会潜滋暗长，终有一天会爆发会证明给所有人看的。

四

很难得这个假期没有接到鑫妈的求助短信。以往假期要么在家自由放纵散漫不羁让他妈妈束手无策，要么母子之间闹得水火不容横眉怒目。我成了他们家的救火队长。

这个寒期，他们家母慈子孝，盛世太平。从他妈妈短信的字里行间里能够读出省心和舒坦来。

其实鑫并不是一个性情乖戾之人。学习本是枯燥乏味，更何况是被动学习，加上从前觉得离高考还很遥远，一切都还来得及，逼得太紧，肯定会激起反抗之意，针尖对麦芒，一触即发，这是自然之理。而今，已是迫在眉睫之时，他知道怎样对待自己的学习就有可能面对怎样的人生，岂有不学之理？这样看来，鑫还真是个识大体的人，识时务者为俊杰呀！

我所了解的鑫也是一个做事情特别投入的孩子。元旦晚会上他跟吴涛唱了一首我不知名的歌曲，唱得不是很好，但鑫演唱时的投入深情、旁若无人让我印象深刻，现在想来还会发笑。他模仿小平哆哆，一颦一笑一举一动都有惟妙惟肖之感。后来，很长一段时间他都似乎走不出这个角色，因为入戏太深，他走起路来步履蹒跚，说起话来慢慢悠悠，跟他妈妈打电话还是满口的流沙河腔。你说这样的鑫可爱不可爱？

鑫跟我说过，他很想很想把成绩赶上来，但每次努力之后都事与愿违，总是达不到自己的理想值，于是不免心生沮丧。其实，在我看来，他是真的在进步的，只是他自己感觉不到。最怕的就是他会认为自己的努力和付出都是白费工夫。幸好，鑫还是个能够听得进意见的孩子，转过身来，满脸的乌云消失殆尽，很快又能踌躇满志了。真棒！

五

果和果的妈妈都是我的嫡亲学生，他遗传了他妈妈的良好基因，英俊灵动，气质儒雅，尤其是那一笔好字跟他妈妈如出一辙，既有一脉相承，更有青胜于蓝。当然果挺拔的身材和杠杠的篮球技术得归功于他的父亲了。

学生对老师似乎都会有天生的敬畏之感，果的妈妈哪怕自己做了老师，对自己的老师还是心生畏惧，每次到校都不敢进办公室，只有不得已的时候才怯怯地进来。这一点果倒是不同，他一向都放得开。你要他搞主持，他字正腔圆，像模像样；你要他搞朗诵，他声情并茂，激情澎湃；篮球场上，他生龙活虎；田径场上，他健步如飞。如果不谈学习，在校园里他一定会是存在感十足，幸福感爆棚。

在所有的学科里，果最爱的当然是语文和英语了。以前果的妈妈就是英语课代表，英语当然是顶好的，这一点在果的身上也体现得很明显，所以他英语时常能考一个高分，我一点都不惊讶。果非常热爱语文，这在一大片理科男里是少见的。他爱书法，从来不把练字当成是一种负担，写出来的字有形有体，刚劲有力，羡煞我也；他爱诗词，尤其钟情于古典诗词，在别人绞尽脑汁钻研数理化难题时，他却徜徉于山水田园诗中自得其乐。假期里看他发的朋友圈，别致的风景再配上雅致的诗词，相得益彰，让人心生愉悦；他爱作文，别人一听写作文就愁眉苦脸、怨声载道，唯独他欣欣然奋笔疾书，乐此不疲，一挥而就，佳作天成，往往能得到大家的额首赞许。如果不谈数理化，果应该会成就感十足，日子会过得从从容容。

可惜果是一个实实在在的理科生，他就是绕不过那些难缠的理化生题。这些难题弄得他灰头土脸，让本来日子过得很写意的他幸福指数极速下掉。加上他又是个闲适散淡、无欲无求之人，凡事讲个差不多就得了。所以每次考试把出色的文科成绩与有点难看的理科一绑定，他又变得平平了。

所以果的日子并不只有悠闲和惬意，自然也会夹杂一些失落和彷徨。这才是生活，生活虽然不一定要十全十美，爱我所爱固然重要，但有些东西不得不爱，爱也是需要理智的。我相信果将来在某些方面如果发挥到极致，会成为人中翘楚，但如果能够在此之前拥有一个好的平台，或许会少走许多弯路。聪明的你，应该明白。

六

博帅是个有点让人头疼的人。

他管不住自己的嘴，往往坐在办公室都能听到他狂放的笑声。有时 Miss 吴上课讲到沉醉之时，他猛不丁来一句与课堂无关的无厘头的话，弄得大家哄堂大笑，弄得 Miss 吴欲哭无泪。喜安静爱学习的同学不大愿意跟他同桌，安排谁跟他同桌我都不放心，所以，大部分的日子他都是一个人坐。他也有自知之明，知道自己威力无边，也乐得一个人逍遥自在。幸亏他不是个封闭之人，没有同桌，下课他总能找到玩伴，也不至于压抑了他的天性。因此，他大部分的日子都是快乐的。

他管不住自己的腿。下课铃一响，有的同学还在座位上沉思默想或者用心演练，他早已不见影子。晚餐铃一响，大家都以百米冲刺的速度往食堂里赶，他不急，还要跑到后操场来几个三步上篮，非要等到他妈妈在校门口张望了几回才火烧火燎地回家吃饭。下雨天的体育课，别人都乖乖地待在教室里，他就是冒雨也要在雨中狂奔，汗水和着雨水，歌声伴着笑声，乐此不疲。哪怕就是规定在教室自习的时间，你也可能找不到他的人，有可能借问题目之名躲在厕所里侃大山。

在监控室里见到次数最多的家长自然是博帅妈妈，不是看他上课有没有说话，就是看他晚自习有没有换座位，有时还要回看他昨天前天的表现佳不佳。稍有风吹草动，往往如临大敌，他可真让他妈妈操心呀！

博帅也有值得肯定的地方，那就是犯了错态度很好，也不隐瞒。哪怕是你把他骂得急赤白脸，回过头他又跟你笑脸相迎，虽然你知道他同样的错误很快就会重犯，但至少心里多少还是有些许慰藉。

放寒假前，他早就跟她妈妈放言，寒假是用来玩的，他早就计划好了寒假里的玩乐之事。这家伙大概从来都没有意识到高考就在眼前，也没有意识到这个寒假的与众不同，于是又免不了一番被说教。

或许是受到大家扑面的学习热情的感染，或许是迫于爸爸妈妈的管制，或许是真正意识到了时间的紧迫性。博帅的寒假过得忙碌而充实，图片里他搞学习的状态也还是很像个样子的。这大概是他妈妈最满意的一个寒假吧。

其实，博帅的聪明是毋庸置疑的，如果能够真正沉下心来，潜心学习，任何时候都不晚的。

七

这两年，锦尧学得相当艰难，他一直都走在追赶的路上，尽管现实的不堪一次又一次给他打击，让他燃起的希望之火又当头浇灭，但所幸的是他始终都咬紧牙关坚持下来了。

这中间有家人的鼓舞之力，有同伴的激励之因，有老师的引领之功，但更离不了他自己的坚守和执着。

可能是他以前很优秀，跟苏强他们可以媲美，但中间经过一段时间的沉沦，等他一回头却猛然发现被别人甩开好远。但意识到差距是一回事，要真正意义上追赶上来又何其难啊！我看到过他惨败之后的痛苦和落寞，也看到过他从薄暮冥冥到披星戴月的奋战和煎熬。我还看到过他穿梭于教室和办公室的匆匆身影。

日拱一卒，功不唐捐。他有今天的进步和偶尔的爆发，绝对不是偶然的事情，但是付出的代价和内心承受的煎熬是无法估量的。生活何尝不是如此，一时的放纵，要用足够长甚至长到令你无法忍受的时间来买单。

但是，毕竟锦尧挺过来了，挺过来的锦尧虽然学业达不到最优，但至少他现在的状态，精气神满满，在他开心阳光的脸上，我看到了自信，我看到了未来可期。

他们在爸妈眼里都是太阳，是唯一，是不可替代的存在，在我眼里他们亦是星星，在遥远而璀璨的银河里，他们都在熠熠生辉，或许现在还不够完美，但这并不代表未来。

披荆斩棘的哥哥们，加油啊，我们一起向未来！

长大后，你就成了我

昨日小聚，感慨良多。九年时光里，一切都在变，一切又都似乎没变。

还是曾经那个让我念念不忘的 76，还是那个快言快语的付帅，还是那个内敛含蓄的孙思雨。肖雪娇的儿子都快两岁了。"马姐"到底是研究生，比以前更伶牙俐齿了。曾欣欣配上副墨镜，更显高大帅气，跟大学"武器老师"这个称号挺相称的。

又让我想起了班长，我到现在都还不明白，当年的班长到底是不是我的"死党"，想起了那个我一直看好的可以胜任"妇女主任"的刘主席，想起了刚分班搬教室时刘宇航和袁鑫的那个桀骜不驯的眼神和谁也别想惹我的姿态，当年我心里打鼓呢：这两个刺头可不好对付，一定得想个法子收拾他们。想起周静三天两头生病，弱不禁风，林黛玉般，想起"红嫂"总喜欢在我面前絮絮叨叨的样子，想起俊男的鬼马精灵，还有不晓得没收了朱剑波多少部手机，他千不情万不愿地把手机掏给我的无奈和绝望的神情，想想都还好笑。还有那次你们为我精心准备的生日庆祝班会而我未能赴约，现在满是内疚。佳哥一首清脆圆润满含深情的《父亲》还回荡在耳边。曾欣欣当年参加飞行员体检后，立即把 QQ 个性签名改为"蓝天在招手，祖国在呼唤"，一想起来，还忍俊不禁。我好想问问，当年毕业你们争相珍藏的那些班级奖状，如今还在吗？

再来一波回忆杀：

黄老师经典语录

语文课上。

黄："其一犬坐于地"，就是像现在刘宇航那样……

刘宇航：……

黄：在这里古义的"东西"和今义是一样的，像刘宇航，你真不是个东西……

刘：你会搞得我跳楼呢……

三月初三，班主任换了新领带。

刘宇航：你这领带上是什么花？

黄：今天三月三……

刘：（恍然大悟）哦，地菜子花！

黄：有些同学上课什么事也不做，你们到底为什么读书？

全班：为中华之崛起而读书！

黄：不是我说你们，现在肯定还有同学把手机挂在 QQ 上！

（全班爆笑）

某人：谁的QQ这么牛?! 可以挂手机!

今天黄老师换了一身行头，同学们指指点点。

黄：看什么看，没看见过帅哥吗?

全班爆笑：看见过，但没看见过你这样的。

九年时间，时光把你们打磨得更加成熟稳重，更加意气风发。你们身上有了更多的身份，也扮演着多重角色。"老总""经理""老板""老师""辣妈""萌爸"。作为瑜伽教练的周静，有了漂亮的马甲线，在她身上哪里还找得到林黛玉的影子。大学老师的风采在"红嫂"身上尽显。当年看好的"妇女主任"，而今在深圳的职场驰骋。据说当年温文儒雅的佳哥，现在也成了大口喝酒、大块吃肉的警中硬汉了。刘宇航答应我的五百万已经初露端倪。非常喜欢看付帅朋友圈里展示的她那些宝贝们充满奇思妙想的作文。我心里在偷笑，当年那个让我头疼的李璇，现在居然也在干着像我一样让她头疼的"孩子王"的工作。

时光老人用九年的时间证明了：你永远不要低估了你的学生。是的，当年你们没有特别傲人的成绩，但这并不意味着你们的未来平庸。在每一个孩子身上都有着无限的可能。你们即是明证。作为老师，除了欣赏，除了引领，还有静静地等待，等待花开的这一天。

凡哥曾经劝我，要赶快丢了这让人不省心的班主任工作，年纪大了，要少操点心，轻轻松松上几年课就退休算了。可是，如果不干这一行，又怎么能够遇见最好的你们和最好的他们呢? 额上白发，愿为之生，脸上沟壑，愿为之刻。这不是高尚，仅仅只是一种热爱。为了热爱，我想谁都会愿意去付出，念念不忘。

长大后，你就成了我，让我欣慰；但更希望，长大后，你不仅仅成了我。

青　葱

我愿用我这支笨拙的笔，去描绘你们这段不朽的青葱时光。

容皓的帽子

容皓高高大大，来的时候，戴着顶遮阳帽，挺帅气的一个小伙子。可是满脸不开心，问他问题，也是爱搭不理的。我很疑惑，他妈妈道出了原委。《入学须知》里要求男生都要理短发，在家里经过一番激烈的斗争，终于不得已忍痛割爱，把一头秀发都理了。他来的时候非要戴着帽子。仿佛不戴帽子，就无法让自己的尊容示人。

我注意到他进教室的时候也偶尔把帽子取下来，只是躲在教室的角落里，不肯抬头，除了偶尔和原来的同学说句话，就缄默无语，一出教室，特别是人多的地方，保准又把帽子戴上了。

他脑子里一直有着一个心理障碍制约着他。我得帮他解开这个思想疙瘩。

语文课上，我想看看他们的胆量和语言表达能力，顺便物色班干部。要他们上台谈谈假期见闻以及到励志部的感受。有的同学很踊跃。雷雷第一个上台，谈了自己对香港发生暴乱一事的看法，语音纯正，语调铿锵，口齿清晰，而且特别有正能量，赢得了阵阵掌声。宁峰从假期旅游见闻当中，谈及对文物对旅游资源的保护，对人类生存环境堪忧的思考，有自己独到的见解，让大家有了共鸣。

　　我注意到容皓抬起头来，脸上有笑，眼里有光。我把他叫上台来，特意要他把帽子取了，还叫他展示一下自己的发型，容皓羞涩地转了个圈。我问同学们帅不帅，同学们一致认为不但帅，而且帅呆了。我说容皓的发型非常符合励志部对男生发型的要求，阳光、青春、活力四射，男孩子就该这样。我不记得他在台上讲了些什么，但我还清楚地记得他白皙的面庞上泛起的羞涩的红晕，我也清楚地记得从那以后，我再也没有看见他那顶黑色的太阳帽。

　　原来容皓也是一个如此活泼开朗爱说爱笑的阳光男孩。

轩博的头发

　　早有耳闻，轩博是个挺有个性挺倔强的孩子。在初中时，还曾有过一段时间跟爸爸妈妈闹不愉快。于是，对他，我早在心里备了个底。

　　开学见面，他果然有点与众不同。头发没有按要求理，留的是碎发，头顶的长发捋下来几乎可以遮到眼睛，还在两鬓特意修了两条白线，很显眼，大概在他眼里很时尚。还别说，这样的发型配上他精致的五官，是挺英俊帅气的。

我没有说什么，只是叫他那天晚自习寻个时间来找我。

晚自习，他来了。

我说："我之前从你的初中老师那了解了你的一些情况。他们对你赞赏有加，说你非常聪明，很有潜力，假以时日，前途无限。不过也很有个性，有时太过倔强。他们的评价还公允不？"轩博笑着点了点头。

我说你曾经是不是有段时间跟家里人闹得有点僵，他不好意思地说："是的，不过后来关系挺好的。"

我告诉他："以前的事，老师不会刨根问底，但你现在是高中生了，要有一定的担当和责任感了，要知道爸爸妈妈不容易，要知道感恩和尊重。"他重重地点了点头。

我说："今天开学，你给我的印象很好，但有一个小小的问题我还不满意，那就是头发，你没有按要求理。"

他搔了搔头说："那我可不可以要我爸爸明天带我出去理发？"

我说："当然可以的。"

第二天，轩博爸爸打电话跟我请假，听得出语气里很高兴。其实，我也很高兴。

梓何洗澡历险记

那天，梓何上台讲话，是关于洗澡的那些事儿。

她说之前在家里洗澡是一种享受，没半个小时出不来。这里搓搓，那里挠挠，边听音乐边唱歌，把自己洗得香喷喷，一觉能睡到天明。

可在励志部洗澡，那种别扭劲儿真是一言难尽。

第一天，忍着没有洗。

第二天，实在憋得没办法，拿着衣服，提着桶子，勉强挪到所谓的浴室。浴室里人影幢幢，白花花一片，刺人的眼，学姐们高声笑语，从容自然，而自己举步维艰。放下桶子，才记起没有带热水卡，借来了热水卡，却又发现没带沐浴露，终于找到一个最角落的角落，准备洗澡，却发现时间已经溜走了一大半，只能三下五除二，几分钟里囫囵吞枣地洗了个澡。

梓何说，前两天，每洗一次澡，都要经历一场激烈的思想斗争，好不容易才把这洗澡的恐惧症赶走。看着高二高三的学姐们的淡定自如，游刃有余，实在是羡慕不已。

我说，进入高中，特别是在一个艰苦的环境当中学会生活，对他们来说也是不可多得的历练和成长吧。

别急，孩子们，今天的他们，也一定是明天的你们。

聪宇的眼泪

这几天，总是有人特别想家，想家的时候，总有人掉眼泪。刘瑞每天都要来跟我汇报。黄老师，我今天又哭了；黄老师，我哭得比昨天少了；黄老师，今天感觉好多了。脸上有了灿烂的笑容，好可爱的孩子。

聪宇的眼泪不会当着大家的面流，只是每次打完电话，眼睛都是红红的，有很明显哭过的痕迹。他讲他从来没有离过家，从来都是在父母亲人的眼皮底下无忧地生活，陡然离开，真的是特别特别想家。他不停地追问我，中秋节到底放不放假，到底放几天假。如果只放一天假，他还计划再请两天，在家享受父母的温柔。看着他眼巴巴的样子，我忍俊不禁。

他告诉我，以前他读过一句经典句子：我慢慢地、慢慢地了解到，所谓父女母子一场，只不过意味着，你和他的缘分就是今生今世不断地在目送他的背影渐行渐远。你站在小路的这一端，看着他逐渐消失在小路转弯的地方，而且，他用背影告诉你：不必追。读得很有感觉，很能勾起情丝。今天再读，联系自身，此情此景，禁不住眼泪决堤，有着以往任何时候都没有过的深刻的领悟。

他的话，也让我感触颇深，时过境迁，不同场合，不同年龄，不同的人生际遇，重温经典，自是别有一番滋味在心头呀。小小的他们，刚刚离开父母，在他们简单的人生履历中自会增加更多更丰富的情感体验，并且随着年岁的增长，见证了更多的聚散离合，他们的感悟会更加丰富，认知会更加深刻，思想会更加成熟。其实，我们又何尝不是这样？

风过生香，雨落成诗，时间会证明岁月的温柔。每一个孩子都是地球上的星星。他们生命的每一个路口都会遇到温暖的人，期望他们未来的每一次远行，都会有诗意和远方。

纪　念

一年的时间很短，短到转瞬即逝，相见时你们的青涩模样，相识时的似火骄阳，都还历历在目，还有许多故事未曾上演就将戛然而止。但一年的时间很长，长到每一个瞬间都可以在心中定格、永恒。

姗姗说："一年说长不长、说短不短，却足以将1905的每一个人在我心里刻下一个印记。"

雨珊说："风喜欢写诗，写了又撕，撕了又写。从白天写到黑夜，从秋天写到夏天。"

确实，每一首诗都有它的精彩，都有它特有的平仄相和、起承转合。而我们，都是这些诗的主角。在这里，我们知晓了生命的可贵。

高考后，高三一位学姐因车祸不幸离世，这个消息让他们猝不及防，内心的震撼和悲伤溢于言表。

张楚长歌当哭："我不认识她，却肯定见过她。或许，她上个星期还坐在我对面吃早餐？或许，我曾在教学楼前的光荣榜上见过她的名字？或许，她就住在隔壁，曾扑打着蜘蛛和蟑螂，跟我一起惊叫？我不知道。

"我仅知道，她是文科班的一员，平时成绩优异。她应该是个乖巧可爱的女孩，歪头一笑，纯净甜美。这动人的笑颜，也曾激励和感染很多人吧，现在已消逝在血泊中，飘散于惨淡的月色中。现世的人们，也只能在影像和记忆中寻找那恬静又跳脱的身影，然后剩下默默叹息了。"

生活真的很难，生命真的很脆弱，活着不易，但活着真的很幸福。

在这里，我们明白了奔跑的意义。

人生是一场马拉松，我们能做的唯有不停地奔跑。湘雨告诉我们，在这里，她有两次印象深刻的奔跑：一次是刚来的时候，下课铃一响，高三的学长学姐们，就以百米冲刺的速度奔向食堂，这是紧张，是急切；还有就是高考结束，他们下车后狂奔进校园，这是喜悦，是放松，是身心得到解放的完全释放。

雨珊也说："太快了，无论是这里的生活节奏，还是老师的阅卷速度，在这片土地上，你要拼命地奔跑，才能够留在原地。"在这片土地上，你要拼命地奔跑，才能够留在原地。说得多么贴切，真是活生生的现实写照。

在这里，我们真正体会到了友谊的珍贵。一年时间的积累和堆叠，让这份情谊更浓更稠。

姗姗在念叨："1905啊，原来我是如此舍不得你，当初的我又怎么能想到现在的我对你的感情呢？"

雷雷还清楚地记得开学的那一天："我是第一个来的，坐在教室里，看着同学一个一个加入，曾经那个在我心里想象过无数遍的影子变得鲜活起来。终于伴随着阿黄的话音，你跳出来，冲我笑，我也回了个礼貌的微笑。我亲爱的1905呀！那时的我怎么会知道，后来我会有多爱你呢？"

漾洲说："天地不过是飘摇的逆旅，昼夜不过是光阴的门户，还来不及感慨时光的易逝，高一行将结束。在这里，我很想说一句'再见，我的1905'。这一句简单的话语中，表达的并不是对成绩的失望，自我的放弃，而是对1905的深情和眷念。"

"我告诉你哦，你现在要是想趴在我肩上哭就快点，不然等我瘦下来，肩膀可就没那么舒服了！"雨晴是这么安慰那个成绩出来之后郁郁寡欢的雨珊的。

睿欣总是很诗意："我喜欢看商店阿姨坐在花坛边小憩，喜欢看打水的爷爷拿着收音机放老歌，喜欢那只瞎了一只眼的生人勿近的老猫慵懒地躺在汽车底下睡大觉。我看过励志部的日出，也赏过这里的晚霞，还有那缥缥缈缈的云和树。我要跟这些我爱不释手的回忆，珍重地道一声'谢谢'。"

时间流逝，但有些东西不会随风飘散，有些东西终将留下。

在这里，我们收获了少年的成长。我们随着自己的节奏，一步一个脚印地踩出属于自己生活的精彩。

汉尘说："永远记得生命中这特殊的十个月，我们曾在这里沸腾过我们的热血，我们曾在这飞扬过我们的青春。2020年7月23日，我希望会有夕阳，我可以站在落日余晖里，慢慢温习这十个月的伟大革命并将之珍藏。我们一直都在，感谢你们还在。"

"身边的很多朋友比我优秀，我不想落下很多，如果你觉得我在撒谎，你大可以这样认为，但它不影响我做任何一件事，为了彼此相遇、约定、期盼、承诺，我决不失约。"则文很坚定地告诉我们。

思睿说："虽然留在这里不是终极目的，但留在这里似乎与我的梦想更靠近。我已经预感，离开这里，我就会放纵自己，或许长大以后，我会后悔的。"

"可我不希望你长大以后才后悔，也不希望之前的所有用心都白费。要知道，我们只是换了一个地方战斗，但我们还是在同一片蓝天下啊。不管怎样，我们都要努力争取，顺其自然。"

俊杰深情地告白："我在学习上并不拔尖，在生活交际上也没有引人注目的地方。像我这样本应该是不太有存在感的物种，似乎被您当成宝一样地爱护着，让我有一种说不出的温暖。我不是在最好的时光遇见您，而是遇见您，我才拥有了最好的时光。"

俊杰呀！我真想抱抱你、拍拍你。不是我偏爱你，像你这么乖巧又勤奋的孩子，即使偶尔不小心有点过失，我怎么忍心批评你呢？其实，每一个你在我心里都有很重的分量，只是有的需要鼓励，有的需要严苛，有的要温和待之，有的要施与重锤。要知道，雷霆和雨露，一律是春风。

在他们眼里，遇见和分离都是最美的。

梓何说："真快啊！我也想做个豪迈的少年，不诉离殇，可提起笔来，心就铺了层灰。洪流一日，人间三月，一年比起以前的六年、三年，对一份友谊来说显得分外不够用。我还有好多人没同过桌，还有好多人没正儿八经地聊过天，相见恨晚，相离恨早。"

虽说遇见不是为了离开，但离开却是为了下一场遇见。知道了聚散是如此地顺理成章，懂得了这点，便懂得了珍惜每次相聚的温馨，离别也就心生欢喜。我们背起行囊，奔赴下一场山海，相信再见不负遇见。雷雷总是如此淡然。

熠语也是平静无波，分别，也意味着能够结识更多更优秀的同路人。

我挺期待，也常常为此高兴，这便是安慰自己最好的方式。热的日子里发生的许多事，都在悄悄地悄悄地流逝……

离别只是为了下一次更好的遇见。

"离多最是，东西流水，终解两相逢。浅情终似，行云无定，犹到梦魂中。"

相信，我们还会听到聂导的故事，也一定会少不了予贺临睡前那一声温柔的"晚安"，姚女神也会有机会在寝室分享生活小妙招，还会听到涵舟又在楼道里抱怨今天的衣服发霉了，在空荡荡的教室里一定会有王达奋笔疾书的身影，汉尘和则文的狼嚎依然会在你耳边响起。生活终将继续，别离和重聚一定还会上演，而我们要做的是演好生活中每一个角色。

他们无惧未来。该来的一切自然会来，但他们已经做好了准备。

"活在这珍贵的人间，太阳强烈，水波温柔。"现在唯一能做的是珍惜当下，享受这最后的幸福时光。所谓的无底深渊，走下去，也是前程万里。钟潇总是很大气。

欣佳教导我们："从今天起，做一个简单充实幸福的人，不沉溺幻想，不庸人自扰，不沉迷过往，不畏惧将来。"

"今日的日落很美，像极了即将分别的我们；明天的日出很美，像极了未来的我们。"贺瑾如是说。

我们共同写下这些文字，以此来纪念我们永远的1905。

希望这一年里所有默默的付出和努力都能被时光温柔以待（嘉璇）。

家　访

放假两天，家访了两天，看到了他们在家的最原始的状况。

我们到小区门口的时候，远远看见容皓来接我们，一边走一边低头看手机，这种专注的劲头在学校里是很少看到的。直到我"嗨"了一声，他才猛然惊觉，不好意思地冲我们一笑。

手机似乎是他的生命，一刻也不愿离身，昨天回家，应该狠狠地解了一回"馋"，今天也该收敛收敛，开启假期作业模式了。

容皓爸爸妈妈文化程度不是很高但很有能力，用容皓的话说，我妈妈没有主业，但副业很多，且样样很出色。单就订年级服装这样烦琐且众口难调的事她能不厌其烦且做得尽善尽美，足以让我钦佩有加。他爸爸整天忙工程却还要抽时间补文化拿文凭。他们真的很励志。

可他们有时很无奈，工作能够轻松搞定却搞不定儿子。容皓很聪明，但爱好太多，篮球、手机游戏、听歌，样样都很投入，自然冲淡了对学习的热情，这也是在学校困扰我许久的问题。当然在家里尤甚。脾气火暴的妈妈跟性情倔强的他自是针尖对麦芒，回家不出三天，家里必定硝烟弥漫。

今天，我们权且当当"消防员"，防患于未"燃"。

从来没有这样正式过，让家长、孩子、班主任、任课老师，坐在一起，促膝谈心，没有高高在上，也没有教训斥责，彼此都以平等的姿态对话。他爸爸妈妈以自己的亲身经历现身说法，老师们客观地指出他的优点和不足。容皓如果能够去掉拖累他的这些东西，未来自然可期。

或许没有了往日的指责，可能我们的态度足够真诚，看得出容皓内心的触动。他说起话来很温和，表起态来很坚决。我们一起跟他制定目标，他说他想考武大，我从内心深处觉得这并不是一个遥不可及的目标，桃子，跳一跳，兴许就摘到了呢。浪漫纷飞的樱花丛中未必就看不到他高大自信的身影。

一直都很佩服杨树无师自通地会很多日语和作为日语社社长的他不嫌辛苦地教大家说日语的劲头，也一直都很纳闷原来成绩棒棒的他这个学期却总是没那么闪光。我们到的时候，他们一家三口正襟危坐，耐心等候。杨树永远是面带微笑，心如止水，可就是让你摸不透他心里到底在想什么，真想透过眼镜片去捕捉到他眸子里隐藏的更多的秘密。

他妈妈对他要求很严格，看到他晚上串寝，果断地前来陪读，每天下班后忙不迭地跨过宁乡城来陪他。本想着他会有一个飞跃，可几乎还是在原地踏步，期末考试物理竟然没有及格。陶老师仰天长叹，程杨树这个物理成绩，叫我怎么好意思来见你爸爸妈妈！但杨树内心深处应该还是有不服输的暗流涌动，要不然怎么才放假一天就把物理寒假作业干掉了百分之八十呢？

我们旁敲侧击，刘老师"巧舌如簧"。杨树始终保持镇静的微笑，有时"嗯"到一半，又咽到了肚子里。但说到目标，说到他心仪的电子科技大学，我能够感觉到他眼睛里的亮光。真希望他镇静的外表里有一颗强大的内心，能够朝着目标矢志不渝地努力。

回家路过"豆包早点"店，店主"就就"是我二十年前的学生，他们父子两一人一部手机，正在专注于"王者荣耀"，让我大跌眼镜，"豆豆"今年才小学三年级，就就你怎可这样影响孩子？幸好豆豆懂事，我们一说，他立即放下手机，跟我们聊天，他好聪明，观察生活的能力好强，跟我们讲话对答如流，口齿清晰，成绩也不错，好苗子要好好培养呀。就就点头如鸡啄米。回来的路上寻思着要找几本书给豆豆看，要不这孩子该耽搁了。这也算是一次特殊的家访吧！

今天到奇奇家里时，电视里的篮球赛事正如火如荼，奇奇看得好投入，目不转睛，嘴巴微张，脸上的笑容都僵住了。奇奇真是聪明呀！教过他的老师都这样说。可好钢要用在刀刃上，爱篮球强身体当然是好事，但在最需要学习的时候，一切都应该适时让路，别让爱好成了你的主业。

奇奇妈妈真是用心，每一次考试成绩都认真打印。细心整理，圈点勾画，进退得失，一目了然。在她眼里儿子的成绩就是奇奇眼里的篮球一样牵人情丝。可怜天下父母心。

吴老师说，奇奇英语好，又这么爱篮球，为什么不选一个与篮球有关的职业作为努力方向呢，比如篮球解说、篮球记者之类都可以啊。

我们都觉得有道理，奇奇也没反对。为了自己的爱好，也为了自己的未来，奇奇何不努力一试，说不定未来 NBA 赛场上真能有你风风火火的身影，谁又说得清楚呢？到那时，你风华正茂，你激扬文字，你舌灿莲花。加油吧，少年！

最让我揪心的还是果，连续几次考试考得他灰头土脸，士气低落，但我却看不到他身上那种不逆袭成功决不罢休的斗志。输了名次输了分数都不要紧，但不能输了士气输了态度。

幸好，在家里他还是挺认真的，起得很早，作业也做了一堆，并且做了细致的订正。尤其是他擅长的语文和英语两科，做得又快又好。

但刘老师在检查他化学作业时发现一个大问题，也可能是他所有理科的大问题：思考不够深入，没有真正理解问题的本质，无法做到举一反三。

我们一致认为他近段时间的主攻方向应该是数理化，他必须花大量的时间去理解去练习去巩固，做到文理平衡发展，才会提升自己的战斗力。

还有更重要的是要改变自己的学习态度和学习习惯，好问才能出真知啊！程果呀，记住，下次不去问，我会拿着棍子来赶的。

我们你一言我一语，一顿狂轰滥炸，实在不亚于一场头脑风暴，希望对他能有振聋发聩之功，醍醐灌顶之效。

有朝一日，真想看到你一身戎装，玉树临风，英姿飒爽。

每一场交流，从孩子们聆听的姿态、谦恭的眼神和庄重的态度中，我都能读出平等和真诚何其重要，于师如此，于父母亦是如此。因为，我们是他们的镜子，他们身上也有我们的影子。

是夜，收到莉莉的本日值日汇报，各组作业完成情况很好，雷雷竟然完成了一百道数学题，翔云做了九课时的数学，容皓完成了八课时的化学，"叁加柒"组除了认真完成作业，还准时收看了《新闻联播》。容皓妈妈也告诉我，孩子有了一点改变，主动交了手机，做作业也不关门了。甚慰。

人间，值得

一

今天的语文课真是欢快无比。

开始让我们惊艳的，是子郁美术社的才艺展示。子郁是真的辛苦了，尖着嗓子学"米老鼠"说话，让一个"糙汉子"这样学舌，真是挺难为他了。"米开朗琪周"和"刘芬奇"不必多说，都是幽默欢乐的人，作为这两位"画家""谐星"的组长，我很骄傲。但两位在气氛营造和临场应变上可能还稍逊一点。真正做到从容自如、舌灿莲花的还非雷雷莫属。无论是诗歌还是书画，不管是中文还是英文，这位"大佬"不仅深深知晓，还能收放自如地在大众面前说出来。这种洒脱和自然的临场能力并不仅仅是准备充足多加练习就可以的，更是博览群书肚中有料的自信和底气。

这节课还展示了雷鸣的文章，写得是真的好啊，他对诸葛亮的故事如数家珍，在叙述过程中又能加入自己的感悟，特别是那个结尾："推杯换盏，欢声笑语中，只有我，仰望满天木叶翩然而下，悲怆之情浸透心扉，肝肠寸断。"哎呀，真不像他那种"侃侃而谈"都读错的人写出来的。不过，对雷鸣的佩服，那是绝对没有掺假的。

——卓矗

评：能够真心实意地表达对别人的欣赏和赞美，这是需要胸怀和大度的。我就特别欢喜卓矗的这一点。平时大大咧咧的他，心无城府，与谁都不争，与谁争都不屑，见了面，总是憨憨地笑，交代的事总能做好并能给我惊喜。相信，在卓矗眼里，这个世界一定非常美好，因为他看到的总是美好的东西，他看人总是看到积极的一面。培根说："欣赏者心中有朝霞、露珠和常年盛开的花朵，漠视者冰结心城，四海枯竭，丛山荒芜。"被欣赏是幸福的，欣赏又何尝不是一种快乐呢？

二

真不幸，体育课上，我的左脚受伤，它被迫休假半个月。这对我来说是个噩耗，意味着我将拄着拐杖在学校生活十几天，吃喝拉撒都成问题。

拂晓时分，妈妈便将送我到学校。我走进冷清的教室，两位早起的同学见着我，便急忙一路跑来扶我，还忙着询问我的情况。我笑着回应他们："还好，还好，过几天就好了。"得知我没大事后，他们也高兴起来。王达和王杰两兄弟，总让我觉得心里暖暖的。

早自习，黄老师见我早早就来了，脸上露出惊讶的表情，他笑着走近我，问道："你怎么来得这么早呀！你脚没事吧?"

我道："没事没事，过几天就好了。"

"哎，那你怎么去吃饭?"他又问道。

"没事没事，我自己找同学帮忙……"

"那不行，要不雷雷你帮他打饭吧！"他对着一旁正在深情朗诵古文的雷雷说。

"哦，哦，好的！"雷雷一脸茫然地回答。他脸上虽然写着不情愿，但还是答应了。可真难为他了。

雷雷要受累了，我心里却乐开了花，吃饭这个大问题解决了。

中午，我孤独地坐在教室里，同学们都已去吃饭，只有我和我的肚子在呻吟着。这时，雷雷带着那盆可口的佳肴跑来了，他跑进教室也跑进我的心里。我接过饭菜，顾不上说谢谢，便开始狼吞虎咽。雷雷却不急着动筷，他询问我饭菜怎么样，对不对胃口。在得知我对饭菜很满意后，他才开始吃。我吃着"励志美食"，接收着来自班长的关怀，心里美滋滋的。

晚上，万籁俱寂。我躺在床上，回忆起脚受伤后来到学校的第一天。跟我预期的一样，有许多讥讽和嘲笑向我涌来。但令我没想到的是，同学和老师的关怀比嘲笑要多出好多好多，就像太阳照在我身上，暖在我心里。有大智若愚的伟航的帮助，有娇小可爱的嘉俊的关怀，还有热心助人的奇奇的搀扶……还有特别要感谢雷雷同学，他平时看上去大大咧咧没心没肺只会笑，但他的照顾却很用心，无微不至（这应该是很多女生欣赏他的原因吧），对他的感激真的难以用言语表达。

夜已深，我不舍得停止回忆，任由睡意拥抱我，但我脑海中有一句诗，挥之不去。

"人间自有真情在，平生何似失意苦。"

——刘哲

评：对有困难的人施与援手，这是一种可贵的品质，一句暖心的安慰，一个鼓励的眼神，一次举手之劳的扶助，一番力所能及的救济。都是黑夜里星星点点的微光，给艰难跋涉的夜行人莫大的勇气和前行的力量。相信，赠人玫瑰，手有余香。小哲舍不得停下的回忆里，萦绕脑海的诗句里，是他满满的感恩之情。受人滴水之恩，当以涌泉相报；涌泉之恩，可以生死为报。我希望在他们身体里根植感恩的情怀。相信助人有如春雨，滋润人心，那么感恩也一定会如春风，抚慰心灵；助人有如秋日暖阳，让人温暖如春，那么感恩也一定会如秋水，涤荡心中的阴霾。

三

不关心与我无关的事，不关心与我无关的人，做一个时间的威尼斯商人，然后记起一段话：特别喜欢那种气质清冷的人，好似这世间纷乱无一事能扰得了他的心。没有过分熟络的样子，没有讨好世间的诌笑。他们眼中只有脚下的路，眸子里从不掺杂多余的情绪，也不是冷漠，只不过将此生所有的柔情都留给了生命中最重要的人，与旁人只是淡淡的交情，却也装着漫不经心的样子，关注着身边陌路的老人和小孩，随意伸手就帮了，善良得不着痕迹。

然后又想起在励志部见过的最温柔的风景，励志部的那只独眼的老猫——常常幻想这样一只猫咪是怎么来到励志部的。秋日的暖阳下伸着懒腰，舒适地享受同学们的轻抚和怀抱，可是下雨的寒夜它又蜷缩在哪个墙角呢？那天傍晚，充卡阿姨急急地赶来上班，突然她回头冲那只老猫喊道："快点来。"语气俨然一对老友一般，猫听懂了阿姨的话，小跳步跟着阿姨进了门。

那之后，每次老猫没在它专属的拐角那儿，我都会望望充卡的窗口，撞上阿姨盈盈的笑，透过墙，仿佛看到老猫蜷缩在阿姨脚背上，眯着眼，那一刻，觉得这个世界真的很美好，很美好。在小小的励志部，在每一个拐角处和美好撞个满怀。

伞放在商店里忘了拿，被商店阿姨帮忙收好，又怕伞面是湿的长霉斑，尽管阿姨的房子也很逼仄，但还是细心地帮忙撑开晾干，等我来找。

管水桶的严哆一定会提醒你搬水时小心碰到头，给你指哪儿的水桶好搬下来。若是他扫地时你叫一声，他就会很开心，笑得满脸的皱纹堆成了一朵花，然后响亮地回应你，所以同学们都很爱喊他，有时隔得很远，声音很响，传到教室里都能清晰地听到。

或许是一路走得冒冒失失，才闯入了很多隐藏的美好，就像食堂阿姨说我很幸运一样。我也觉得自己很幸运。虽然每次去吃饭，总能碰上一锅多煮了一个人的面条，这种事其实是阿姨特意帮忙给我提前下好，然后喊"伢子快来，这里还有一个人的面"，然后一边盛一边说我好运气，我也甜甜一笑，给自己加上一个好运的标签。

这是一个小小的校园，但有着大大的温馨，越是小，越是有更加温情的回忆。

有人说，高考，无非就是很多人同时做同一份卷子，然后决定去哪一座城市。最终发现，错的每一道题都是为了遇见对的人，而对的题，是为了遇见更好的自己。

于是，我便尽力奔跑，然后接纳应得的终局，不后悔，就像我来到这里，宁乡实验中学励志部。

——戴雷雷

评：有时候，生活就像一杯白开水，淡而无味，没有很多的惊天动地，也没有很多的惨雾愁云。但是只要我们能够保有一颗欣喜之心去感受和体悟身边的一切，你会发现，这个世界有多美好。雷雷就是这样一个敏感的发现者和享受者，一切原本都在兀自美好，一切都似乎就是生活本来的样子。只要他愿意，他总能发现简单的生活里那些深藏着脉脉温情的东西。所以，我能深切地体会到他一定是一个幸福的人，有家人可爱，有朋友可交，有目标可追，有空气里都似乎在透着甜味儿的生活可品。愿你能用心感受生活赋予的真实，抓住稍纵即逝的细小瞬间，体会周遭简单的快乐，在那些生命中转瞬即逝的好时光，让该发生的去发生，会舍弃的也舍弃。一切其实刚刚好。

开学十天

进入高二，孩子们的变化真大。十天以来，他们的表现我很满意。教室里变得安静了，连下课在教室里有些同学说话都变得小心翼翼了，自习课基本上没有讨论的声音，尤其是收作业的时候，没有了以往的人声鼎沸。

他们到教室的时间更早了，尤其是王达和王杰两兄弟，不管是早晨还是午睡后，几乎都是前两名进教室。早餐后的晨读已经变成了自觉行为。有好几次，打铃之后，我没有像以往一打铃就猴急猴急往教室赶，故意迟到了几分钟，教室里居然很安静。翔云在布置数学作业，子郁在督促他们的听力，妍慧站在讲台上巡视早读，一切都并然有序。一个暑假，他们似乎都长大了不少。

女生们表现最佳。高一某班为了让女生更集中，要跟我们班女生换寝室，几句开导，她们爽快地答应了，男孩们很主动地帮助她们，半个小时就全部搞定。尽管搬寝后第一天就寝有点迟缓，但往后的每一次查寝都是安静如水。徜徉在男生寝室走廊，没有了往日大声的呵斥。除了走廊的垃圾桶有时没来得及倒之外，整体都还不错。生活老师如是说。

很快，寝室公约制定出来了，很快，小组公约也出来了。十四个小组，组组优秀，各显神通。这一学年，我们各个小组要在学习、纪律、活动等方面开展全方位的竞争。

数学听不懂，嘉惠掉了眼泪；莉莉的物理卡壳了，让她情绪很不好。我告诉她们有三条途径可以消除学习路途的拦路虎：《教材完全解读》会对各个知识点进行详尽的解读；还可以寻求组长的帮助，组内的互助，有时会有事半功倍的效果；最重要的是请老师指点迷津。我们唯一要做的是不能让问题过夜，要当日事当日毕，还要给自己积极的心理暗示，相信自己能行，不要让悲观失望等情绪左右了自己。学习之路，绝非坦途，我们还将遇到更多的难题，接受更多的挑战，但愿我们一直都能笑口常开。饮冰十年，热血不凉；求学十载，不忘初心。

当然，一切都还刚刚开始。我们要做的还有很多。我们还可以做得更好。301的就寝动作，如果能更快一点就好了。王杰改变了很多，如果能更利索一点，然后别穿拖鞋进教室，你会越来越棒的。聪明的雷鸣，反应真快，要是能更加自律一点，明天的你，谁都不可小觑。少数男生要多吃饭，少吃泡面。卓壽，千万别拿零食当饭吃。杨树总是喜欢咬手指头，这个习惯可真难改。

十天，让我见证了你们的成长；十天，让我对你们的未来有了更多的憧憬。

"学习共同体"的那些事儿

2月5日

创立"学习共同体",也是不得已而为之,宅在家的"神兽"们是家长和老师的一块心病。今天跟班长雷雷商讨,都觉得有必要组织大家一起来学习,我们一拍即合,于是我们1905班"学习共同体"也就应运而生了。

我把我的想法告诉雷雷,他心领神会,很快就把"共同体"的事搞定了,从每天的作息时间到每天学习的总主持人以及各科的小主持,都安排得井井有条,特别还有一个每天签到和交作业打卡的小程序,可以让我每天都能看到签到和作业上交情况。他的工作效率之高让我惊诧,他的这些操作技术和安排的周密细致让我震惊又汗颜,感觉跟不上他们的步伐了,再不努力学习,我怕要惨遭淘汰了吧!

"共同体"把我们紧紧团结到了一起。一方小小的屏幕是我们联系的媒介，我似乎听到了他们的琅琅书声，看到了他们伏案演算的身影，甚至，笔在草稿本上的沙沙声，也是那样清晰悦耳。感觉他们离我好近，即便是几千里之外的芝明，也好像就在咫尺之外。

开始，大家很踊跃，小主持人找题，敦促大家交作业，碰到难题也有热烈的讨论，思禹和汉尘偶尔开几句无伤大雅的玩笑，十分热闹。

但愿这个特殊时期的产物能够给他们带来一些东西，能够留下不一样的记忆。

2月15日

他们很有趣。

小组长都给自己布置的作业取上一个独特的名字。比如"大宝贝""福克斯的秘密""福克斯没有秘密""情人节的礼物"，看到这个，我们都会会心一笑，单调的生活也有了些许情趣。

睿欣每天七点半的时候都会给我发五个字："阿黄，早上好！"简单的文字有了温情，这一丝暖意能够让这份惬意的心情持续很长时间。

平时不善言辞的予贺，在微信里倒是有很多话说。"这道题要怎么做？""这道作文题是我的梗。""今天的作业又要迟交。""今天的心情很沮丧。"感觉她一天都在不停地转，不停地忙，但慢慢地她的状态有了好转，感觉心胸也开朗了许多。相信她终会游刃有余、忙得从容、忙得有序的。原来予贺也是个很活泼的女孩，在这个寒假，我算是真正认识了她。

雷雷就像一个指挥若定的将军，能够掌控全群，调兵遣将的是他，要是谁忘记布置作业，及时补位的是他，耐心答疑的是他，与老师衔接的是他，在群里给同伴们加油鼓劲的是他，是他，还是他！感觉雷雷是万能的，感谢乐此不疲、充满奉献精神和正能量的他。

还有那个以前在学校号召大家如果待在教室无趣的话就出去找小姐姐玩的俊杰，他说，早上不想起床，闹铃一响，脑子里一派抓狂，心里在叫"救救孩子"。他说，拿着手机学习就像和尚抱着美女念经。不晓得他那小脑瓜子里都在想些什么啊！

家骥爸爸发的家骥学习的图片好气派，大办公桌，老板椅，还挂了中国和美国国旗，这哪里是在学习，俨然是陈主席在签署文件啊，难怪家骥平时做事一贯都很大气。

2 月 25 日

他们也很让人操心。

刚开始的时候，他们很踊跃，但每天这种单调、周而复始的生活，就像这连绵不断的春雨，淋得人思想发霉，精神怠惰，渐渐地个别同学有点偷懒，有的当逃兵，有的明显在敷衍。感觉他们离我又是那么远，我抓不住他们。有一句话说得好："在互联网里，没有人知道你是一条狗。"毕竟这是一个虚拟的世界，我们无法真正地掌控他们。可能家长们也会因各种各样的原因掌控不了他们。我不知道则文和峥嵘，爸爸妈妈上班去了，会不会真正能够约束自己；我不知道思睿有没有睡懒觉；我不知道康康在家有没有又跟妈妈杠起来；我不知道隔了几天不鼓励的杨帆，是不是还动力满满；我不知道梓何在家会不会是那贴心的小棉袄；

我也不知道在校老是迟交作业的涵舟，是否也能保质保量完成作业。有几次到晚上十二点还在@我要交作文，她真是太难了。

果然，有学生的爸爸告诉我，有几位在偷偷用手机玩游戏、斗地主，我不得不隔空喊话@所有人：

昨天交作业情况很不理想，即便是交的也做得敷衍，真让我高看了你们。听说还有人在玩游戏、斗地主，真让我无语、愤怒，在这种情况下，你不努力，你不自觉，有谁能真正救你，你又凭什么出人头地？不想学习的要清除出共同体，但要推迟开学。

感觉我的愤怒很苍白很无力。唉！

主持人又在跟我抱怨，做题的积极性有点下降了。我也知道，这种学习方式要取得好的学习效果，必定要有高度的自制力，还需要源源不断地给他们注入强心剂，于是我又要@他们了：

我跟大家一样静不下心，盼望开学，哪怕是跟大家"相爱相杀"也是其乐无穷。可是形势依然严峻，渴望的拐点久盼不来，我们都要少安毋躁，要知道还有许多比我们痛苦的人，还有许多很痛苦却依然奋战在一线替我们负重前行的人。我们享受的静好来之不易，所以，孩子们，我们有什么理由不坚持呢？我们别无选择，唯有静心向学，才能对得起对未来的期许。努力吧，少年！

用情至深，把我自己都感动了。

但愿他们明白：雷霆和雨露，皆是春天。

3月3日

他们也不容易啊。开学时间一推再推。本来就有一颗不安分的心，还有渴望自由、渴望阳光、渴望原野的身体，却要局促在一方小小的天地里，还要在成堆的作业里暗无天日，而且解放的日子似乎还遥遥无期。可是，他们依然在坚持。虽然身在井隅，可依然心向阳光。尽管有懈怠偷懒的时候，尽管有让我生气的时候，但我依然要大声说：孩子们，其实你们真的很棒，老师一直都挺你们。

特殊时期，一个学习的小天地，一方安静的书桌，其实来得真的不容易。等到春暖花开，云开雾散，再来回首这段时光，这些都是镌刻在记忆深处的美好。所以，请你们珍惜。

我跟你们一样，想那个我们平时嫌弃的禁锢我们自由的地方，想到那红色跑道上去蹦跶，狂奔，想到后墙根去看励志部最美的夕阳，还想那每天陪我们读书的亲爱的猫咪了。

说声抱歉有何难

1500 米的比赛，奔跑在红色跑道的涵舟犹如一只红色的羚羊，最后的冲刺都是那么强劲有力，把第一名远远地甩在了后面。

可最后计算名次，她仅仅排在第五位，比第二组的选手要普遍落后。这个结果实在令人难以接受。涵舟上台领奖时，眼睛哭得通红，同学们也纷纷为她鸣不平。

总裁李老师，在会上解释了原因。200 米的赛道，圈数多，陪跑者较多，干扰了裁判老师。他承认了圈数计算的失误，但结果无法更改。李老师当着全校师生的面，为赛事的组织不力和疏忽郑重道歉。

一声道歉，让激愤的情绪趋于平息。涵舟脸上又泛起了笑容。在我看来很是棘手的问题，被李老师轻而易举地解决了。但这一声道歉里，有面对难题的睿智，有敢于担当的勇气，有阅尽人事的大度平和。

这一声道歉，也如一块石子，在他们的心湖里激起波澜。聪宇在日记里说："讲真的，我十分惊讶。因为，在我目前为止的求学生涯中，还没见过任何一位老师可以在全校师生面前鞠躬道歉的。这一举动，让我内心震撼，为这样一位有担当有责任心的老师点赞。"

他还说："今天中午，我私自溜出教室，不遵守校规，背着老师搞小动作，我表示十分抱歉（一鞠躬）。"

"黄老师说了，总是找借口，当面一套，背地里一套，这样的人是没有出息的。这句话，让我有了深深的反省。我已经意识到我违背了我的初衷（二鞠躬）。

"从今以后，我也会改，但人无完人，更何况我这人缺点尤其多，还请黄老师，不要吝啬批评，只要是错误的，我都会努力去改。从今以后，请多指教（三鞠躬）。"

聪宇的道歉，诚意满满，让我忍俊不禁，也让我为之动容。教育不只是灌输，更在于唤醒。唤醒不是简单的说教，更不是粗暴的武力。一声真诚的道歉，一次默默的行为示范，能够唤醒孩子内心的向善、向上、向美的情愫。为人之师者，为人父母者，你是否欠孩子一个真诚的道歉？你是否也在默默地率先垂范。

最近很火的电视剧《庆余年》有个情节，我印象很深。范建误会范思辙，罚他下跪，虽然破天荒地陪儿子推了牌九，但自始至终没有对孩子说出那句"对不起"。

面对长子范闲的质问，他回答，天下哪有父亲给儿子致歉的道理？！

那个时代，父为子纲，父亲是天，父亲永远都是对的。但时代不同了，保守束缚的思想观念早已不再适用。正在逐步健全是非观念的孩子，需要明确生活中的对与错。所以师长和父母，不要因为失去自己的"权威性"而拒绝承认自己的错误。我们的一言一行，孩子都看在眼里，勇于承认错误的师长更容易得到孩子的尊重与认可。

勇敢的你，一定要明白：在我们的错误面前，说声抱歉有何难。

孩子，你慢慢来

一场考试，几乎要掏空他们所有的心智。一天半，七堂考试，试卷铺天盖地，他们的脑力被掠夺，体力被抽空。自信心萎落一地，跌入泥土。

小慧说，她考第一堂数学，拿笔的手都是抖的，她紧张到下考铃一响，眼泪就不受控制止不住地流。她这个样子，真让人心疼。我知道，她是太想考好。我说过，虽然第一次考试考得好，并不能证明以后就会好。因为第一次在很大程度上是对以前知识、对假期学习的一次检测。这一次才是真刀实枪的比拼。本想给他们鼓励，没想到却给她套上了枷锁。她本来是有实力的，但她太想证明自己的优秀。哪知道，欲速则不达。

孩子，你慢慢来。生活中不只有学习、考试、书本、成绩，保有一种好的心情，也是学习成功的关键呀！你太紧张，要懂得放松，要知道，生活不只有眼前的残酷，还有诗和远方啊！

你看人家睿欣：

昨天换了座位，我不再靠窗，新座位在靠近黑板的死角。一开始，心里总归有些失落。角落里，老师也不怎么关注，又远离了好友，心里有些迷茫。

但换座位后一天，我却发现了这个不起眼儿的座位的风景。

天气晴朗时，阳光会倾泻到我身上，带着醉人的暖意。我还可以和同桌在讲台的投影里比个剪刀手。天高气爽时，轻柔的风穿过薄袖，有一点冷，但携来室外清新空气。当然，在天气稍冷时，也得提防悄悄从门缝中溜进来的冷风，否则你就等着突如其来的冷战吧。

而后面两位也挺有趣，经常在我疲劳之时，猝不及防地讲个笑话，笑完我就神清气爽了。

现在，励志部在一片沉寂中，但我仍能忆起中午窗外球场上个个充满活力的身影，绿荫下叽叽喳喳的热闹，以及阳光从左手传到右手的温度。

的确，风景这边独好。

学会自我排解，学会从单调和不堪中发现诗意和美好，会让你的窘迫和紧张得到舒缓。孩子，你慢慢走，学会欣赏啊！当你能真切感受到生活中星星点点的温暖和美丽，你会走得更踏实、更沉稳的。

小奥的这篇《再见，我的1905》令人很震惊：

从初中的佼佼者沦落为班级中拖后腿的人物，我只用了短短的两个月时间。这是任何一个正常人都无法接受的事实。可这就偏偏发生在我身上。曾经奢望的地方，终于如愿以偿，却不是我能够久留之地，提前被录取又将提前被淘汰，叫人情何以堪？

虽然总是笑着跟别人讲："我从教学楼考着考着到了综合楼，考着考着回了本部。"可有谁知道，我心中的忧伤。爸爸妈妈和姐姐的责备，更让我无处遁形。唯有汉尘和思禹的安慰，让我不那么心寒。

1905，即使我只可以存在短暂时光，但我决不会忘记你们，我曾经的战友，曾经一起同过桌的，曾经一起在乒乓球台前挥洒过汗水的，曾经一起在太阳底下罚过站的，曾经一起说过、笑过、哭过的每一位，我都不会忘记，也不会忘记那一面面"固定红旗"，那难忘的野炊，再见各位，再见阿黄，再见，我的1905。

读罢，泪已潜然。这个话题太过沉重。小奥，你真不该提起这个话题，你提得还太早。你真不该早早就打起退堂鼓。

孩子，你慢慢来。一切还才刚刚开始，一切都还来得及。真正的战斗还没有开始，你怎么就要当逃兵呢？学校就如一个小社会，一样有着充满火药味的竞争，机会其实都掌握在自己手中，一次两次失误，又算得了什么呢？关键是我们要有不怕输、不服输的勇气，要有"虽万千人，吾往矣"的气魄。"弱肉强食，优胜劣汰，适者生存"本是动物界的生存法则，于我们人类又何尝不是如此？如果能够坦然面对，保持一颗平常心，到时来个绝地反击，来个逆袭，也未可知。最次最次也要证明，这个地方，我曾经来过，这个地方我曾洒下过拼搏的汗水、奋斗的血雨。

孩子，你慢慢来。这里还有你不曾欣赏到的风景，这里亦有你内心的热望和期待呀！你听，容皓会告诉你：

在励志部紧张的学习里，生活节奏飞快，如此疲惫的生活，是什么给我支撑呢？可能是知识的丰富，也可能是一周两次的篮球，还可能是同学的温情，也是老师十足的微笑。励志部不大，却刚刚容纳下我，收起我对外界的欲望，控制我骄躁的气性。这儿仿佛是块圣地，不大不小，包裹幸福刚刚好。那正施工的田径场，满怀我的希望，不知道未来，它又会怎样点缀生活的多彩和充实。我期待那红色跑道，我热爱那高大的篮球架，享受漫步在迷人"彩带"上的清爽恬静，更着迷狂热的奔跑，闪耀的奖杯，期待……

　　生活，多么美好啊！孩子，你感受到了吗？你慢慢来呀！

年轻的心

一次唯美的记忆 （谢睿欣）

窗外阳光正好，而我在老师讲课的声音中昏昏欲睡。

阳光闪烁，微风拂面。一根羽毛轻轻透过窗户，飘到我堆满书本的课桌上。我十分惊喜，轻轻地拾起那支羽毛，小心翼翼地，生怕将其折断。指尖拂过羽毛，是柔软顺滑的触感。

其实这根羽毛着实没有什么好惊奇的。励志部周围是农家。偶尔杀一两只鸡，飘走一两根鸡毛也是很正常的，又或是天空中的飞鸟，抖落一根羽毛，随风飘散罢了。

但时间就是那么恰好。恰好我在教室里，恰好有一根羽毛飘过，恰好落在我的课桌上，恰好为我的疲倦和滞涩注入些许生动，这就是缘分吧！

我把羽毛压在尺子下，怕它被风吹跑。但这似乎无济于事，在我继续听课后的一会儿，再回头，羽毛又随风飘走了。

虽然我只是和这根羽毛短暂相处了一会儿，但依然让我惊喜，或许下一次，它又会飘进另一扇窗户，为别人带去一份平淡生活中的惊喜。

很可惜，但是一次唯美记忆，本就不需要一直拥有。

而玉阶上，少女多次转身，也只能枉然剪下玫瑰插入瓶中。

从此，雨季不再来。

评：少年不识愁滋味。年轻的心，是敏感的，是好奇的。一片落叶，一丝飞羽，一根衰草，都能勾起他们的别样情思，或惊喜，或伤感，不管怎样，都是最美的青春记忆。

数学小考 （刘峥嵘）

久违的数学考试。

半个学期还没过完，数学必修一已经只剩扫尾工作了，迎接我们的自然是考试。但没想到的是，它来得如此之快，以至于大家不知所措。

让我胆战心惊的数学试卷赫然出现在眼前。

但时间宝贵，容不得多想，我揭开笔帽，拿出草稿本，进入迎战状态。开头几个敌人都是残兵败将，十分好对付；刚清理完第一拨敌人，第二拨敌人立刻向我发起了猛烈进攻，不过也只是徒有声势，三下五除二就被我解决了。下一拨敌人来袭，它们一看就是久经沙场的老兵，其中数"单调性"最为强大，无奈之下，我打开战前准备的锦囊，上面写着"定义法"，于是我用此法将对方打得溃不成军。敌人一拨接一拨，面目越来越狰狞，我深感力不从心，用尽浑身解数都无法将其击败。最终，我败下阵来。

分析此次战败之因，毫无疑问的是：战斗次数过少，经验不足；面对强敌，无法随机应变。以后，要针对原因，多加练习，才能做到战无不胜。

评：在这里，考试也是家常便饭，但峥嵘把它写得惊心动魄。然而，他们就是通过这种周而复始地战斗、失败、反思、奋起，最后逐渐走向强大，走向坚不可摧中成长起来的。

何以拌饭，唯有"老干妈" （张楚）

我一向都是嫌弃食堂的蛋炒饭的。为什么？太干！但仍有许多人选择了它，朋友也曾大力推荐。我试过用汤泡饭，试过喝牛奶来下饭，却依然觉其难以下咽。于是"所学甚浅"的我细细询问，方知是少了一道关键的佐料——"老干妈"！

拨几筷子老干妈，再倒上些许辣油，接着从容不迫地拌上一拌，便是香味扑鼻了。老干妈与干饭完美地融为一体，为其润上一层馋人的艳红，数粒豆豉点缀其间，色泽鲜亮。这道色香味俱全的极品佳肴，光看着，就令人垂涎三尺。其味，则不必说那 Q 弹绵软的口感，更不必说那香辣的滋味儿……我只是闷头扒饭而不顾了，这饭让人只想吃了一碗再盛一碗……

评：生活清苦，但苦中有乐，一碗简简单单的"老干妈"拌饭，也会让他们欣喜若狂，让他们念念不忘。

别紧张，勿焦虑

那天，雷雷的演讲惊艳到我了。你瞧他，面带微笑，气定神闲，娓娓道来，字正腔圆，一举手一投足满是韵味，让人如沐春风。

他讲完，教室里沉默了几秒钟之后，大家似恍然大悟，雷鸣般的掌声响了起来。在那短暂的沉寂里，有恍惚，有讶异；在那如潮的掌声里，有赞叹，有佩服。

我把他的演讲视频发到班级群里，引来了一片赞誉声的同时也有"又是别人家的孩子"的哀叹。其实，我转发视频的初衷并不是要去替雷雷爸爸妈妈炫耀什么，而是想告诉大家，孩子们的生活学习有多丰富多彩，他们的同路人有多优秀，孩子在这样的群体里读书有多幸福。

说实在的，雷雷的确优秀，能够教他，我很荣幸，但其他孩子也很优秀，能成为他们的老师，成为他们人生路上的引路人，我亦开心。

我不知道，雷雷的父母是如何调教孩子的，但我知道，把他打造得如此完美，绝不是一朝一夕之功。所以，我们不能只看到人家光鲜亮丽的一面，而更应该反思，在孩子成长路上，我们需要扮演怎样的角色。

开学那天，小寒妈妈在微信里向我告状，说几天的假期小寒在家没怎么学习，每天就是抱着手机在玩，到开学了，还舍不得放下手机。她很生气把手机砸了，母女俩在家大吵了一顿，不欢而散。

我找小寒来了解情况，她的情绪依然很激动。她说："我妈妈就是看我哪里哪里都不顺眼，对我没有考上她心仪的高中一直都耿耿于怀。尤其总是拿我和×××比较，说人家如何如何优秀，而我又是怎样不堪。生气的时候，尽是拿最尖酸刻薄的话来刺激我，眼神就像刀子，恨不得杀了我。其实，我在家里也有搞学习，×××也并不是一直都在搞学习，也趁她爸妈不在家的时候玩手机，看小说的。"说着说着，她眼泪鼻涕一起来，一时半会儿收不了场。

我看她如此激动，也难以让她心平气和地跟我交流。只能叫她回去，先冷静几天，把事情的来龙去脉理清楚，等想清楚了，我再找她谈。

我知道，小寒妈妈是典型的心理焦虑，对孩子的期望值太高。一旦孩子没有达到自己的理想状态，内心里堆积的失望情绪一浪高过一浪，对孩子就会更加严苛，母女之间的矛盾也会一触即发。许多爸妈都喜欢拿自己的孩子跟别人家的孩子作比较，尤其是认为别人家的孩子多么懂事、乖巧，多么优秀，总觉得自己的孩子一无是处，于是内心五味杂陈，于是看孩子也没有往日的和颜悦色。

都是"比"惹出的祸呀！要知道，有"比下有余"的庆幸，也就会有"比上不足"的烦恼。多看看自己孩子的闪光点吧。别总是比来比去，比坏了孩子。

真是小孩子的脸，六月的天，几天之后，小寒又恢复了往日的活泼开朗，脸上丝毫也找不到早几天的阴云。

下晚自习后，我把她找来，问她："事情想得怎么样了？"

她说："就那样吧，我知道我妈妈的脾气，即便这次过去了，下次还会来的。当然，我也做得很不对，我会向她道歉的。"

我告诉她："这次你可把你妈妈气坏了，她背后跟别人说起这事，失声痛哭。别看她外表很强势，但也有脆弱的时候。事实上，在你们看来，无所不能的爸爸妈妈，其实背地里也会有很多黯然神伤、软弱无助的时候。其实，你跟你妈的个性很像，表面上针尖对麦芒，但内心很柔软，很容易受伤。虽然她处理问题的方式很霸道，但你更应该反思自己做得不对的地方，你不应该对一个关心你爱护你、给你温暖、对你寄予厚望的人漠然置之，更不应该用这种蛮横的态度去对待她，这样真的会伤了她的心的。"

小寒的泪水又来了，我敢肯定，她这次的泪水的含义与上一次是不同的。她默默地拿起手机出了门。

这场风波似乎平息了，但要真正修复这场"战争"带来的创伤，却还是要费一番工夫的。

所以，多用欣赏的眼光看看自己的孩子吧。"别人家的孩子"固然优秀，但我家的孩子也不赖呀。虽然不是所有的孩子都叫戴雷雷，但我们家的孩子也有可圈可点的地方。他有健康的体魄，他有乐观的心态，她有灵巧的双手，她有美丽心灵，他人缘关系特好，她的孝心值得称道。他（她）们虽然都有不尽如人意的地方，可他（她）们都铆足了劲儿在努力呀。

别看"别人家的孩子"在开花在结果，而自己家的还寂寂无声就沮丧、失望、生气。别紧张，勿焦虑，说不定你们家的根本就不会开花结果，因为他（她）本身就是一棵树，根深干粗，枝繁叶茂，直指蓝天，向阳生长。

泡了汤的体育课

　　说体育课是他们最喜欢的课，毫不为过。励志部有一节长长的体育课，足足有九十分钟。一周就这么一回，他们都眼巴巴地望着，盼着老天不下雨，盼着学校不考试。上周因为下雨，体育课泡了汤，他们懊恼了好几天。

　　体育课上，他们可以放肆地来一场篮球赛，大汗淋漓之后，通体舒爽，可以在羽毛球场、乒乓球台前奋力搏杀，把一周的压抑和疲累释放一空。姑娘们则早就计划好了，利用体育课美美地洗个澡，把长时间堆积的衣服仔细清洗干净。如果还有时间，再来一桶励志部舌尖上的美味——泡面，再奢侈一点，就来根火腿肠或一块面包，简直美得不要不要的了。

　　今天，终于迎来了体育课，暖阳高照，金风送爽，一切都刚刚好。集合、清点人数、训话，按部就班，他们脸上按捺不住的兴奋和开心似乎都要溢出来了。

　　可是不知道李老师是哪根筋搭错了，今天竟然要跑操，说是为下周开始的跑操预热。其实也挺简单，就是围着操场、教学楼和食堂前的草坪跑几圈。没想到，久不运动的他们没两圈就脸热心跳，气喘吁吁，头重脚轻了，加上跑操哪有篮球、乒乓球有趣。于是，在李老师的视线盲区，有人偷懒了，有的躲在墙根下等大部队，有的抄捷径，偷工减料，队伍松散稀拉，一群典型的残兵败将。一向要求严格的李老师，哪里看得下去，于是他们大祸临头，全班罚站。要那些偷奸耍滑的主动站出来，也只有几个有勇气出来承认，于是火上浇油，一整节体育课都罚站了。一节心心念念，有着许多美好计划的体育课，就这么泡汤了。

我的计划也泡了汤。我早就换好衣服和球鞋，找出拍子，准备跟几个自诩为羽毛球高手的同学切磋切磋，可以出身汗，可以增进感情。有人说，不爱惜自己身体的老师，是缺少师德的。我深以为然，所以一直都在坚持锻炼。无奈，只得刀枪入库了。

但是我不懊恼。因为，我觉得他们该罚，他们应该为他们的懒散和有错不敢认的无担当行为买单。一支没有组织纪律性和担当精神的队伍，是绝对没有战斗力的。我得感谢李老师给他们上了一堂记忆深刻的反思课。当你最想得到某样东西，就在唾手可得之时，却又因为自身原因而不得，是最让人刻骨铭心的。希望这次罚站，让他们明白些什么，记住些什么。

十月，还不是收获的季节

细雨潇潇，落叶微黄，秋意渐浓。田野一片金黄，在雨里静默着。橙黄橘绿，稻穗压弯了禾苗，都在诉说着丰收。

但在我，十月，还不是收获的季节。因为一切刚刚开始。

家长会上，芝明爸爸说，每看一次儿子，都有惊人的发现，觉得孩子越来越独立了。这一发现让他几多欢喜几多失落。欢喜他的成长，失落于他觉得孩子似乎越来越不需要他了。是啊，长大就意味着分离，也意味着孩子与父母渐行渐远，于孩子、于父母都将是一件痛并快乐着的事情。

梓何爸爸给我发短信：黄老师，在我看来梓何这个假期是前所未有地自律，没让家长怎么操心，真懂事了，这要归功于您和老师们的悉心教育，归功于实验励志部给她的历练。这真是一个振奋人心的消息呀！当初，梓何不敢到公共浴室洗澡，不知道洗衣服要放多少洗衣液。洗了澡就不能洗衣服，洗了衣服就没时间吃饭，那段手忙脚乱的日子还历历在目。工作上得心应手的梓何爸爸把梓何视为生活中最大的对手。我真替他松了口气，梓何是真的有变化了。

小寒妈妈告诉我，小寒这次放假回家，没有那么在意手机了，至少在前两天管束住了自己。母女俩的关系也没有那么紧张了，许多时候彼此都能温柔以待了。

一切都似乎来得这么自然，来得这么水到渠成，可又那么叫人难以置信，毕竟不是每个孩子都会如此的，比如思忆。

老实说，跟思忆的沟通是比较艰难的。还记得开学的第一天，他跟他妈妈一起来报到，他懒散随意，眼神里有明显的敌意。看他个子挺高，我想跟他套套近乎，拍着他的肩膀说："长这么高，你是吃什么长的啊？"

"你吃什么，我就吃什么。"他怼了我一句，口气十分不友好。报完到他就要请假回家，他妈妈好说歹说，劝他留下来了。

留下来了，也会是一个火药包，我心里担忧。

跟他妈妈交流。她说，思忆个性倔强，跟他爸爸基本不怎么讲话，一说话就互掐。他不要他妈妈军训期间来看他，更不许她骑摩托车来看他，还说放假也不要骑摩托车来接，要么他自己回去，要么要她喊辆车来接。

思忆怎么会有这种想法，怎么能有这样的想法呢？

那晚，我把他找来，在操场一角找个台阶坐下，有几丝凉风，吹走了白天的炎炎暑气。

我问他军训的情况，这么热受不受得了。思忆说还行，大家都在坚持，他没有理由退缩。我们也聊了些他以前搞军训的事，发现他其实还很健谈，至少没有拒绝跟我交流。

我说："别的同学都想爸爸妈妈，看到家长来了，欢呼雀跃，你为什么总是不希望妈妈来，尤其不喜欢她骑摩托车来看你？"思忆一怔，轻轻地冒出一句："老师，爱虚荣是不是品质恶劣啊？"我说："也不能这么说，面子观念，人人都会有，有的时候，小小的虚荣心，还是让人前行的动力。再有，每个人都会有虚荣心，只是程度不同而已。只要我们不去刻意追求一些不切实际的东西，有一点也未尝不可呀！"

思忆告诉我，以前在初中的班级，同学们在一起大多讨论的是谁家的车子是什么牌子，谁身上穿的是什么名牌，谁的爸爸又是什么官，要是家境不好的同学，会受到一些同学的奚落和异样的眼光。"于是我也特别在意别人怎么来看我。其实，我们家原来也有车，但后来卖掉了。到这里之后，发现别的同学都是小车接进接出，我怕他们看见我妈妈骑摩托车来看我，他们会看不起我，看不起我妈妈。"

唉，又是攀比虚荣心理惹的祸。我无意去斥责谁，但这种追名逐利、趋炎附势的风气，确实让这些幼小的心灵蒙了尘。

我告诉思忆："你想要别人看得起你妈妈，那你首先自己得看得起妈妈；你想要别人看得起你，那你得让自己足够优秀。老师就觉得你妈妈非常了不起，她是全市的名师，工作上独当一面，爱岗敬业，赢得了领导、同事、学生的敬重，在家里任劳任怨，是一个好妻子好母亲。无论从哪一个角度都不容许别人轻视她。还有你的优秀也不是包装出来的，是靠内在的品质和修为体现出来的，是由内而外所散发的魅力彰显出来的。只有你真正配得上'优秀'二字，别人才会真正对你另眼相看。还有，你怎么就知道，你现在的同学知道了实情就一定会瞧不起你们呢？你这完全是自己内心的魔念在作祟啊。"

思忆轻轻地点了点头，陷入沉思。这时，不知从哪里冒出一只蜈蚣，张牙舞爪，十分骇人，思忆惊叫着跳起来，等我和他把这可恶的东西处理掉，下课铃响了。

我对他说："回去把今天的谈话好好想想。还有，听说你跟你爸爸关系处得不怎么样，我也想知道个中原委，我们明天继续，好吗？"思忆答应了我，道了声谢，匆匆走了。

是夜，同样的时间和地点，我和思忆有了第二次长谈。

我问他："还介意摩托车的事情吗？"他说可能还会有想法，但没有之前那么强烈了，从城东到城西，妈妈来一趟也挺不容易的。我说有进步，慢慢地会好起来的。"那么说说你爸爸，为什么这么不待见他？"

"我爸看我什么都不顺眼。我要出去，他就以为我上网吧，我要买衣服，他就以为我在早恋，次次考试都不让他满意。难得见几次面，要么就沉默不语，要么一言不合就吵起来了。"

"为什么难得见面？"我说。"因为许多时候，我睡觉了，他还在上班，我起床的时候，他已经上班了。"

"那你爸爸工作挺辛苦啊！""是很辛苦，我也知道他这么努力也是为了这个家。可他就是不理解我，一点点都不，他总是太粗暴太武断，我无法接受。"

思忆似乎义愤填膺，一发而不可收。我打住了他。跟他说，老师只跟你讲三点："第一，你爸爸是不是一开始就对你这样。第二，你爸爸跟你发脾气的时候，你自己有没有做得不对的地方。第三，你爸爸在心底里在意你、在意这个家不？"

我叫他好好思考这三个问题。思忆的火气稍有平息。我说："你能不能站在爸爸的角度思考问题。一个没日没夜辛苦劳作的人，一个对自己的儿子寄予厚望的人，在孩子没有达到他的期望值，甚至犯错不断的时候，他怎么能不生气，怎么能不焦急，怎么还能做到心平气和?"

"我是有很多地方不对，爱打游戏，爱泡网吧，学习也不好，还讲究吃讲究穿。可是妈妈总能够跟我推心置腹地讲道理，劝说我，但爸爸就是做不到。"思忆的声音明显低了八度。

长久以来形成的心结，一时半会儿是解不开的。但我还是想做努力。

军训快要结束，明天就要放中秋假了。我把思忆叫来，给他布置了两个假期任务：一是回家好好表现，要做乖乖崽。第二是尽最大的努力跟爸爸处好关系。

他答应得很爽快。

收假归来，我第一个找的是思忆。他看上去有点沮丧，耷拉着头。我问他怎么了，是不是任务没有完成。

思忆哭丧着脸说："老师，不但没有完成任务，关系反而更僵了，来的时候又是不欢而散。"

这次是因为零用钱的问题。原来他妈妈答应每个月给他200元做零用钱，可以自由支配，但前提是要计划好一个月的用度。可他前面十二天就用得差不多了。他回家后想到后面十多天无法度日，就把自己收集的垃圾卖了，想着可以应付过去，没想到爸爸一生气，把这个额外收入给没收了。

我说："虽然是你的劳动成果，但是因为你不守承诺，大手大脚，你必须为你的不讲诚信买单，换作是我，也会这样做的。"一番说道之后，他终于认可了我的看法。

我说："那怎么办呢，后面的十多天怎么过呢?"思忆说："卡上还有一点，紧一紧，应该可以挺过去的。大不了不吃零食了。"我说："就这么办，要是挺不过去，来找我，老师愿意赞助你。"思忆嘴角一丝浅笑，脸上几丝羞涩。

那天，休完假上班。第一件事就是去看先天晚自习的监控录像回放，果然不甚满意。尤其是思忆，无所事事，东张西望，前后左右都要勾搭个遍，甚至隔了几张课桌的同学都要隔空讲话，好不兴奋。他这个样子，好让人生气，好让我气馁。

把他找来，让他亲自看看自己自习课的表现，令人意外的是他态度很好，并且主动要求接受惩罚，见他如此，我内心稍稍释然。

又一晚，他们寝室因为吵闹扣了班分，我知道肯定跟他脱不了干系。我叫他们主动来承认，他果然没来，来的是汉尘、思禹、文睿。他们罚完站后告诉我，吵闹的主要不是他们，尤其是汉尘，几乎没怎么说话。他们说，如果没有人来认错，老师会下不了台，他们愿意代表寝室来接受处罚，而且请求我不要去找其他人，或许这样会更好一些。我答应了他们，我要他们明天继续来，只是在教室休息，跟其他人讲是来继续接受处罚。

第二天，思忆见我的时候，眼神躲躲闪闪，不肯直视我。但那以后，每次查寝，他们寝室出奇地安静。

让阳光住进心里

因为有了阳光，潮湿得以翻晒，阴霾一扫而空，让每一个孩子心里都有阳光驻足，这是他们前行的资本。

开学初，我一直惦记着这两个孩子。

看得出，YZ一直都不开心，脸上的天气似乎总是阴沉的。每次想逗他高兴，也只能看到他嘴角的笑意转瞬即逝。这孩子，一点都不像刚入高中拥有新生活的孩子。

那日晚自习后，他在办公室外打了很长时间的电话。等他打完，我把他叫了过来，问了他一些情况，没想到一米八的大男孩子居然掉下了豆大的泪珠。他说，他想念初中，想念初中的同学们。

我觉得这是处于过渡期的孩子很正常的心理，缓一缓就没事了，于是也只对他做了简单的疏导，希望他能赶快融入新的生活，多结识新的朋友。

事实并非如此，YZ依然闷闷不乐。

我向YZ爸爸了解情况。他也是唉声叹气，道出了事情的原委。原来 YZ 在初中是成绩最好的班里位居前列的优等生，还有一个双胞胎弟弟。本来以为考个省重点如探囊取物，没想到平时成绩不如他的弟弟考上了理科实验班，而他不但没有考上理实班，反而连中考都受了影响，发挥失常，只能"屈就"来到我们学校。

"这孩子心思怎么这么重，我们跟他做了许多工作，可他就是走不出来。老师您有办法，请多多开导他。"YZ 爸爸很着急。

原来，他是重点班里的漏网之鱼。难怪他心里这么失衡。原来他一直活在曾经辉煌的阴影里，活在曾经美好憧憬破碎之后的失落当中。在他眼中，这里的同学太过平庸，这里的师资和条件太过一般，总之一切都入不了他的眼。

我得想办法帮他迈过这道坎。

第一次月考，自视甚高的 YZ 被挤出了前十，我倒是挺高兴，觉得这是一个让他醒悟的机会。

我问他考后的感受，他无语，但看上去满脸不服气。我说老师知道你是虎落平阳，但你现在该明白了你周围有很多聪明的厉害的人。你以前很辉煌，但不能总是守着过去，应该开始新的生活。即便过去很美好，但毕竟过去了。学会直面现实吧！励志部方寸之地，也有其美好的一面，好好欣赏啊！YZ 重重地点了点头。

我告诉同学们，YZ 很厉害的，大家有问题可以多向他请教。课余时间，我看到他的旁边围了一圈向他请教的同学，我也看到 YZ 脸上开心的笑。

月假后的随笔里，YZ 跟我说："老师，我之前总是把自己搁在高高的半空中，上不去也不愿下来，很难受，现在我要放下，要脚踏实地。"

放下身段的他，果然是个受欢迎的人物。我喜欢看他笑弯了眉眼的模样，还有眼角眉梢里透出的"狡黠"。他的笑声里有阳光的味道。

还有 JK，一个很不自信的孩子，连看人的眼神都躲躲闪闪、满是怯懦。课余时间，几乎不跟人交流，他总是一个人，静默在一角，看着让人心疼。

还没半个月，他就萌生了回本部平行班的想法。

看他的随笔知道他也有一个双胞胎的妹妹，在三班，很优秀。他说他很努力，就是追不上妹妹。他妈妈为了照顾他们兄妹两，还到学校食堂做事，这让他心理压力更大，觉得对不起家人。后来了解到，他还有一个姐姐更加优秀，名校毕业即将保研。

原来，他的不自信源于姐姐和妹妹的光环，源于家庭无形的压力。

其实，JK 真的挺努力，可是有些事不是努力就能立竿见影的。可是我想看到他笑，我希望他心里有满满的阳光，这是他们这个年纪该有的。

我告诉他，成绩不是唯一。虽然现在看上去很重要，但并不完全决定未来。凡事尽力就行，况且，只要你肯努力、坚持，也不是没有翻盘的机会，关键是一定要相信自己。

我劝他再考虑考虑，月假之后再答复。JK 答应了我。

国庆后，JK 找到我，他说 1801 是个很温暖的集体，他舍不得离开。他还想再努力一年，到时即便淘汰也无怨无悔。在他的眼睛里，有坚毅的光在闪动。我很欣慰。

一年的时光里，JK 的努力有目共睹，我也能明显感觉得到他的进步。从他脸上的笑容、从他爽朗的笑声、从他明亮的眼神里，我能感觉出有阳光倾泻而下。

现在，孩子们正面对分流的艰难时刻，我也跟他们一样过得煎熬。我不知道 JK 能不能留下来，我也不知道还有更多 JK 们的命运如何。但我希望我这一年在他们心里种下的乐观、阳光的种子能够发芽、生长，能够坦然面对人生的挫折，坦然接受风雨的洗礼。这个世界充满竞争，唯有将自己打造成铜墙铁壁，才会坚不可摧，立于不败之地。心里有了阳光，到哪里都会发光，哪里也都是你们展示的舞台。

为人师者，为人父母者，有责任在这些满是迷茫、纠结、困惑、痛苦的心田上，去种下希望，铺满阳光。让我们静待这些心里拥有阳光的孩子开花。即便现在不开花，也无须着急，因为他们本来就是参天大树。

归　来

　　元旦晚会，他的节目是第一个，这一定是班委会有意为之。他脸上洋溢着笑，轻抚琴弦，教室里安静如水，琴声如风，温暖了空气，抚慰了人心。在音乐里，他跟我们有心灵的碰撞和交融。

　　在之后的游戏里，他参与得很积极，与大家互动交流，看他那兴奋劲，我很欣慰。

　　这要比他一个人在寝室一隅沉浸在自己的音乐里孤芳自赏要好许多。他说过即便是在人群里，在热闹的氛围里，他依然有彻骨的孤独，现在应该不会有了吧。

　　那天，考完物理，他整个人完全崩溃了，在我桌子旁狠劲地揪着自己的头发，腿软得站不住，眼泪在眼眶里打转，当着众人的面也顾不得自己的失态。我把他带到卫生间，本想让他洗把脸，清醒一下准备下一堂考试，没想到他所有的情绪反而完全释放出来了，放声大哭，还不时用头撞击洗手池。

　　我手足无措，不知道怎样去安慰他，只能静静地在一旁等他自己冷静下来。至于考试，恐怕是无法再继续下去了。

生物考试都快考了半个小时后，我好说歹说劝他跟我下楼。我们到田径场找到一个有阳光的地方坐下。我希望有阳光照在他的身上，也能照进他晦暗的心里。

他终于可以跟我正常交流了。他说物理考试到后段，感觉什么都不晓得做了，脑子里一片空白，明明这段时间很努力很想改变，但所有的付出似乎都是白搭，有些非常基础的东西都不理解，还有课堂上根本跟不上老师的步调，作业也是应付了事。还有一件最让他耿耿于怀的事情，那次分组，居然到最后就剩下他们几个没人要，有个同学本来答应跟他一组的，结果也弃他而去，让他有严重的挫败感和孤独感。诸多种种，让他缺少了存在感。难怪他有时看上去是如此落寞，如此郁郁寡欢。那一次分组，我印象深刻，本以为处理好了，没想到考虑问题还是不周到，这些对他的打击竟然有如此之深。

他说他已经决定要回家搞一段时间的学习，听一听网课，把一些基础知识仔细梳理一遍。他去意已决，我无能为力。我明明知道，在这关口上，不跟大部队走是不行的。可我就是说服不了他，就让他回去冷静下来试试吧。

虽然他每天都跟我汇报在家里学习的情况，虽然他妈妈跟我说他在家里很自律，学习安排得井井有条，但我还是不愿意他充当那只脱离了雁群的孤雁。要知道，一个人不一定走得慢，但一群人一定能够走得更远。

班上不止一个人来问我他怎么了，为什么不来上课？我索性跟他们说开了，我说我们是一个整体，不希望有一个人掉队，更不希望有人感受不到集体的温暖。教室里有短暂的沉默，沉默之后有了更多的讨论，特别是他们"花生组"，个个在支招，准备着他来之后要怎么怎么做。

其实他们还是真的很在乎他的。

老师们也担心他一个人在家会与大部队渐行渐远，毕竟一轮复习正如火如荼，那些生疏的、漏掉的，还没有真正弄懂的知识，对于他们来说是一个很好捡拾的机会。在高考面前，不知深浅的他，怎能丢掉这个机会？

我把这些都原原本本地告诉了他。

几天了，音讯全无，焦急等待。

终于，他妈妈告诉我，周六的下午他会返校。

那天，在校门口出现了他单薄的身影，眼尖的同学尖叫起来，赶紧把这消息告诉我，男孩子们欢呼雀跃地到楼梯口去迎接，亲热地叫他"姜老师"。我没有跟他过多地交流，只说等下是体育课，你去痛痛快快地打一场乒乓球吧，哪怕打得大汗淋漓也没关系的。

根据他的实际情况，老师们减免了他部分作业量，让他腾出更多的时间去夯实基础，尽管他问的许多英语题都特别简单，跟他解释起来却要大费周折。

更让我开心的是，我看到他眼里的光和脸上的笑。他不再踽踽独行，也没有再龟缩在角落里品尝孤独。

原来他也可以跟他们嗨成一片，开心、快乐。就算是忧伤、苦闷，我们都要在一起。

他回来了，云开雾散，天朗气清。他归来的不只有身体，还有心灵。

02

第二部分

▼

那些思考

NA XIE SI KAO

每一个孩子都是一本书
里面有平铺直叙,低吟浅唱
也有柔肠百结,波谲云诡
你不去翻开,不去阅读
你永远不知道会有多精彩

叫你开口有多难

家长会过去了两天，有许多动人的瞬间，依然还在心间回响，他们创造的快乐浸染到五脏六腑的每一个细胞，感动从来都不曾泯灭。

杨树真的感动到了我，当他挥动着手臂，从内心深处迸发出那个高亢激昂的声音"相信未来"，那一刻，他声情并茂，激情飞扬，眼里有光。一瞬间，我有流泪的冲动。因为于别的孩子来说，做到这些或许都很容易，可对他来讲太难也太来之不易了。

要知道几个月前，他还是那个不愿开口，总是以沉默和冷漠来对抗周遭的热情和鼓励的孩子。

他是在学考之后拒绝与不说话的，我不知道他不说话的具体原因是什么，只隐约知道他跟他妈妈发生了激烈冲突之后，就开始不与人沟通。

那个下午，我到他家租住的房子里，他们一家三口默然相对。对我的到来，杨树不为所动。我把他牵出来到走廊上，想跟他单独聊聊，他手脚冰凉，眼睑发黑，本来就瘦的脸显得更瘦了，脸色苍白，没有一丝血色，细雨微凉里他瑟缩成了一张薄薄的纸片。他眼神呆滞，空洞无物，这个样子，叫人害怕。任我用怎样的语气，任我用怎样的话题，都不能勾起他说话的欲望，哪怕就是简单的点头和摇头都不愿意。几天不见，他竟然变成了这个样子，我不敢相信，我拥住他，想给他力量和说话的勇气，但无济于事，他就那样定在那里，失了魂魄，掉了精神。

没法子，我搬来了救兵——"菜花庄"的其他成员，或许他们会有办法。焦急等待了一个多小时后，他们也是落寞而归。逸晨说，恐怕只有他自己才能说服自己了，但需要时间。

第二天到校的时候，他戴上了口罩，甚至把衣领都立了起来，待在角落里，把自己包裹在一层厚厚的铠甲里，周遭的一切似乎都与他无关。按时作息，独来独往，就是不说一句话。

我尝试过很多方法想要撬开他的嘴。在他来的路上，猛然跟他打招呼，他愕然地看我一眼，飞快地奔进了教室；上课途中，非常突然地叫他起来回答问题，他诧异地站了起来，似乎有话要说，但很快又陷入沉默，大家给他鼓励的掌声，他还是摇摇头，不说话。

我拜托几个活跃的女生利用下课时间多找他说说话。想以前，作为日语社社长的杨树，一下课就找社员聊天，不是纠正他们日语的发音，就是练习口语会话，咿咿呀呀，好不热闹，那时的杨树，活泼而又儒雅，张扬并且自信，可现在……女孩们也落败而归。杨树还是不曾有一言。

长时间不开口说话，我担心他的语言功能会退化，可我们都束手无策。如果他开口说话，哪怕他课堂上讲两句小话，我也不会批评他，哪怕星期日下午偷偷打开电脑看动漫，我也不会罚他去搬水。

逸晨说需要时间，可时间在不断的尝试和不灭的希望与焦急的等待中流逝。

有一天，杨树在走廊里跟我照面的时候，竟然冲我笑了一下，我欣喜若狂。有一天，我看见他从兜里拿出几瓶"旺仔"悄无声息地放在"菜花庄"几位同伴的桌子上，我赶紧把这个好消息分享给他妈妈。

教师节前后，顺兴冲冲跑过来跟我说，她跟程杨树讲了话，他真的开了口。我不信！接下来的课堂上，我迫不及待地找了个问题，点了他来回答，没想到他真的站起来说话了，声音有点小，有点怯，有点不连贯，全世界都安静了，相信我和他们都没有关注到他讲了些什么，时间似乎凝滞，顷刻，掌声雷动，还夹杂男孩子们兴奋的呼哨声。我眼眶泛红，手足无措，我变得不会讲话了。

但此刻，阳光明媚，万物可爱。这个教师节的礼物，来得太过珍贵！

叫你开口有多难呀！

那个不爱说话的孩子

每一个孩子都是一本书，里面有平铺直叙，低吟浅唱，也有柔肠百结，波谲云诡，你不去翻开，不去阅读，你永远不知道会有多精彩。同样他也是一泓深不见底的湖水，里面有游鱼细石，青荇浮藻，也有暗流涌动，浊浪狂涛，你不去徜徉，你永远不知道会有多美妙。

梁是去年夏天从励志部转来的一个男生。第一次见面，低着头，手不停摆弄衣角，问他情况，他一言不发，头也始终低着。我安排一个热心的同学帮他整理课桌，他始终不与同学对视，连一句简单的"谢谢"都不曾说过。我和同学们都很纳闷，怎么会有这样的男生？

跟他以前的班主任交流，原来他有自闭症，"你就让他待着，他不会影响别人的"。但是"待着"总不是一个办法，他毕竟不是一块石头、一根木头。如果真是那样，他就真的是"与世隔绝"了。

我得让他开口，可竟然是如此艰难。

有空的时候，我会不经意地找他聊天，他就那么静静地听着，什么也不说，头还是低着，目光躲闪。得闲的时候，我找来些同学邀上他，到田径场散步，其他同学有说有笑，蹦蹦跳跳，四周都是快乐的空气。梁虽然没有拒绝我们的邀请，但总是一个人走在最边上，若即若离，周遭的一切似乎都与他无关。他形单影只，表情淡漠，让人揪心。

有一天早自习过了 20 分钟，他还没有来，我拨通他妈妈的电话，那头是一个焦急的母亲的声音：黄老师，我儿子昨晚玩手机到凌晨，我收了他手机，他一句话也不说，跑到厨房拿了一把刀威胁我们，我们该怎么办啊？那一头是无助又无奈的母亲，这一头是桀骜不可理喻的孩子，我可以想见他们日子的艰难。再见他时，还是一脸执拗，任你怎么说，他就是不愿跟你解释半句。

我得让他开口，可依然没有眉目。

好吧！既然你不愿开口说话，那么我们就用笔交流吧！我决定利用每次批改作业的时候跟他交流：一句鼓励的话，一个笑话分享，一个可爱的卡通动画，一个会心的微笑。我不依不饶，他看上去不为所动，我们就这样较着劲儿，表面上看上去风平浪静，但我相信我抛出的这些橄榄枝一定让他内心里有暗流涌动。

那一次，班上有同学违纪，我很生气，在班上大发雷霆，一整天班上弥漫着一股紧张的气氛。午自习，回到办公室，看到桌上有一封折叠得方方正正的字条，打开来：老师，我喜欢以前的自己，一个成绩优秀的学生，我讨厌现在的自己，比不过别人。我喜欢之前的你，不是现在生气的你，我们都喜欢开开心心的你。后面还画了一个笑脸，这样的笑脸，我之前画过好多次，都是给梁画的。没有署名，我知道，这张字条是他给我留的。

没有华丽的辞藻，没有大肆的煽情，最平凡的几句话却让我内心震撼，倍感欣慰，无比高兴。因为这个内向的男孩，这个自闭的男孩，这个不爱说话的男孩，开始关心别人，开始有勇气和我交流，开始知道要开开心心地生活。我知道，写信的那一刻，他内心是温暖的，脸上是带着笑意的。几个月的焦虑，几个月的绞尽脑汁，终于见到了曙光。

念念不忘，终有回响。这一回，我信了。

我收拾心情，面带微笑，再次站在了教室门口，我能清晰地感觉到他们如释重负。我发现，这一次，他抬起了头，眼里有光，嘴角上扬。

从那以后，我们真的发现了他的变化，原来他会笑，原来他也会开口说话，原来他也有勇气站在吐槽大会的讲台上，原来他也敢在研修活动中凑过来和我合影，原来他也能在拍母亲节视频中对着镜头说：妈妈，我爱你。他带着羞涩的笑的样子，真的很好看。

教育最美好的样子，就是彼此成长。从那一刻起，我也告诉自己：要爱自己，拥抱自己，哪怕是不完美的自己。鸡飞狗跳的生活也要尽量过得鸟语花香，因为我知道，哪怕是最内敛的学生，也希望自己的老师活力四射，笑靥如花；因为我相信，只有自己充满阳光，才能播洒到每一个角落，才能照亮每一个孩子的心灵，才能让诸多说不完的故事里的结局变得美好。

教育家朱永新曾说："你的心里没有阳光，你的教育就不会辉煌。"确实，成就学生，完善自我，这就是教育的真谛，也是我们老师最大的幸福。

起　航

6月8日，高考结束，似乎放下了千钧重担。又煎熬了16天，高考成绩终于出来了，压在心里的一块巨石终于落地了。虽然有许多遗憾，但同样也很释然。有人说高考是遗憾的艺术，深有同感。毕竟这个成绩远远超出了我的预期，压抑在心里长久的许多情绪轰然迸发，惊喜、委屈、开心、眼泪……

将近80天的时间，三年来，从未像这样无所事事过，也从来没有像这样放松过，放松到无聊，无聊到透顶，然后无聊中却又滋生出希望和期待。

二十多年了，作为教师和班主任，理应也是倦意丛生，可一想到我将要接触下一批孩子，心底里隐隐升起莫名的兴奋。

8月27日，我终于拿到了新名单。轻飘飘的一张纸，感觉却是这么厚重。一个人躲在沙发的角落里研究了半天，看名字，数男女，比较中考成绩，了解毕业学校，翻过来、倒过去，总是研究不透。一直在追的《延禧攻略》早已搁置一边。老婆笑我："不就是一个名册吗？你还能看出一朵花来？"可我分明能够透过这些机械呆板的文字，读出鲜活、生动、活泼来。这不是一份简单的名册，它是一份责任，它是一份希望，它也是一种缘分，茫茫人海，萍水相逢，我要和这些人结识、相知，还要成就一段可能一辈子都铭记在心的人生美好时光。

建群

对于小年轻来说，建一个微信群是小菜一碟，可我是落后的人，侍弄起来还真挺难。看来要学的东西还真多，和我的学生们彼此彼此吧。先是发信息，发到30人就不行了，然后通过电话搜索来加微信，但有的家长的微信号与电话号码没关系，最后只能一个个打电话，我的工作效率实在低下，28号一整天就是做了这个事，有几个还是通过原来的班主任加上去的，总算把58个同学的家长拉进了群，剩下戴涛一人无法联系，只能等待开学再加了。最大的感受是：再不好好学习，我将要被这个社会淘汰了。

还出了一个笑话。锦峰爸爸以为我又是那个骗子，发信息打电话来质疑我又是哪个招生学校在骗人。也怪我在信息里没有讲清楚是大名鼎鼎的实验中学励志部。家长们的社会经验真多，警惕性真高，确实是我要学习的地方。我们老师学生蜗居在校园这一方小小的天地里，时常是骗子们关照的对象，以后得多长个心眼，免不了向家长们多多请教了。

建群的时候把曾景天也拉进来了。他主动向我打听了学校和班级的情况，还恭维我是励志部的大帅哥，我偷笑，你是没有亲见我这老头子，否则你都要恨自己虚伪了。不过，我觉得这孩子情商颇高，待人接物杠杠的，将来肯定有出息。但我也担心他会不会有点小滑头，学习上可来不得半点马虎的，要记得以后给他敲敲警钟。这样才能锦上添花呀！

入学须知

建好了群，我也就有了"表演"的舞台。接下来该弄入学须知了。28号晚上，躺在床上，很自然地想起9月1日开学，我该做些什么，家长们该如何准备，孩子们要怎样安排。翻来覆去，就是睡不着，不如索性起来把想的东西整理出来，一弄就到了将近凌晨1点。我把"入学须知"发到群里的时间是1点过5分。家长们千万别怪我叨扰了大家，因为我不发出来，我也睡不着。

果然，忙中会出错。我把《平凡的世界》的作者写成了莫言，本应是路遥。多谢吕帆妈妈提醒了我这个不可饶恕的错误。汗颜呀！语文老师！一个自责、一个道歉也不能弥补我的过失。我知道，我们家长中间有许多高人，切不可怠慢。我也要让孩子们知道，任何一个细节都不可忽略。而且我们不能用犯迷糊或不小心来敷衍塞责。要知道：千里之堤，毁于蚁穴！我会记住这个教训的。

道听途说

这两天，从同事口中居然也了解到我们班的几位同学。符忠潇，我们班唯一的六A生，很厉害的一个男生，平时看上去不怎么认真，可学习成绩顶呱呱。据说他最大的特点是会听课，特别是老师传授新知识时，特别专注。这可是一个值得肯定和提倡的好习惯。成大事者往往能够抓得住重点、分得清主次。孩子们哪，好好学。张博，听说是个顶级聪明也顶级调皮的捣蛋鬼，每天挖空心思到妈妈的同学兼老师那里讨取十元零花钱而闹出许多笑话。我可得花点时间来拾掇拾掇他。还有魔方高手谢烨，还有铁面无私的班干部欧一鸣，还有放弃玉潭精英班免学费的优厚条件，宁愿冒考不上将来还有可能淘汰的危险也要来参加考试也要进励志部的周宁……

虽然未曾谋面，却又如此鲜活、生动。他们中间肯定还有许多动人的故事，且待我慢慢走，慢慢去欣赏。和这样一群孩子生活三年，我会是年轻的、幸福的。我非常渴望这场期待已久的约会。

1801，这艘大船，即将起航！

失去昨天，还有今天

　　一直以来，有一件让我特别后悔的事。作为老师，看到长在别人院子里的林木绿意葱茏，而自家庭院的却是羸弱不堪。想看到它不断拔节、肆意疯长，可总是不遂人愿，内里总有椎心之痛。年轻时太不懂事，荒废了儿子的教育。幸好他身强体壮，打得一手好篮球，脑子还算灵光。

　　儿子安慰我，他愿意做平常人家的子女，也愿意过平常人家的生活，拥有阖家欢乐、其乐融融的生活就够了。况且，明天的事情谁又能说得清呢？虽然略感欣慰，可终究还是无法释怀。

　　早两天，收到广南妈妈的信息，说广南和他爸爸的关系特别紧张，什么都不愿和他们说，希望我能从中调解。我一直都没有回信息。

　　昨晚，终于得闲。我把广南叫到了寝室。

　　虽然只是接触了几天，但我觉得这孩子并不是一个冷漠的孩子，至少，他愿意开口和我说话。这就好办。

　　我们聊了聊军训的情况，到励志部的感受，还有这里的同学和老师。他似乎还挺满意的。

"我听说，你好像和你爸爸的关系处得不怎么样?"我话题一转。

他怔了怔，点了点头。

"那你觉得你们父子关系到底如何?"

他又停顿了会儿说："剑拔弩张，水火不容。一天在家说不上几句话，一开口就充满了火药味。"

"那你爸爸是个怎样的人?"

"我知道他养我这么大不容易，是家里的顶梁柱，可他对我太苛刻，又不尊重人。我做完作业，刚打开电视机。他一进来就肯定我一直在看电视，就大声责骂，而且还要把以前的陈芝麻烂谷子的事全都抖出来，羞辱我一番。更不能容忍的是他经常在不相干的人面前大声呵斥我，搞得我很没面子，今年中考我语文考了个 C，心里本来就不舒服，可他穷追不舍，整整骂了我一个暑假……"广南很激动，噼里啪啦说了一大串。

我说："用十成来衡量你老爸的功过，他应是几几开?"他沉默了一会说："三七开，不，二八开，两分过错，八分功劳。"

不错嘛！你还不是白眼狼，毕竟是功大于过嘛，他应该还是个好人啊！

"那你妈妈呢?"

"我妈妈虽然爱唠叨，毕竟还理解我，再者，我不欺负女人。"

我哑然失笑。

"老师，其实我特别羡慕傅亦诚，他爸爸今天来看他，我看他们父子说话，特亲热、特平等，羡慕死了。"

宕开一笔，谈谈亦诚。

亦诚是从湘潭转学过来的，一米八几的个子，一百八十几斤的体重，典型的重量级人物。我很担心是个惹事佬来了，够我喝一壶了。

但并非如此。那天刚上完数学课，他就跑到办公室说要找数学老师。我问他怎么了，他说："数学老师的宁乡话听不很懂。他讲重点知识我一句都不懂，倒是开玩笑的时候我听懂了。"我笑着说："既然连玩笑话都能听得懂，说明你离听懂数学知识已经为期不远了。"他说："也是呀！我要他利用军训期间好好和同学交流，多说说话，以后听课肯定不成问题。"他乐呵呵地答应了。

昨天，他又来办公室借遥控器。我知道这是个托词，他是想和我说话，又和他聊起了天。我问他原来学校条件那么好，为什么要转到励志部来吃苦？他说原来学校管理不严，他想换一个环境。毕竟这里学习氛围好，升学率高。他就是想证明自己，三年之后一定不会比那些优秀的发小差。

我很欣赏并肯定和鼓励了他的想法，并觉得这孩子沟通能力强。初来乍到，和老师交流一点也不拘束，说话有板有眼。这肯定和他家庭那种平等和谐的氛围有关。教育孩子，就该这样呀！难怪广南要羡慕他。

再说广南。我问他有没有信心和爸爸修复关系，他毫不犹豫地摇了摇头："太难了。"

"自始至终，你都没有说你自己。爸爸为什么要那样，难道你就没有原因吗？"

"我当然有很多地方不对，自制力不强、爱玩手机、爱玩《王者荣耀》，而且一玩就难以收手，甚至有时还故意和爸爸对着干。"

"假如你是爸爸，他是儿子，你能接受吗？"我说。

广南安静了好一会儿说："应该不会。不过，不过，我不会像他那样，高声大叫，也不会不尊重人，更不会不依不饶。得饶人处且饶人嘛!"

"那你就不想想，爸爸上有老下有小，在外面打拼，生活压力本来就大，生意场上，时有不顺。本来有时心情就很糟糕，又摊上一个不争气的你，他还能高兴得起来吗？他能待你和颜悦色吗？虽然有的时候，说话是要注意方式，让你能够接受。但换作你，依你的脾气，可能还不如他呢。"

广南又陷入了沉默。

"那你愿不愿和他改善关系?"

他终于点了点头。那老师给你个建议，利用这几天军训，好好反思。"如果不愿意开口说，能不能给你爸爸写一封真挚诚恳的信，就你的不是向你爸爸道歉，军训结束前交给我?"

广南答应了。

我拭目以待。

很多时候，我们都会犯下或大或小的错误，但后悔是没有用的，因为覆水难收。只有忘掉过去，珍惜今天，才会拥有更好的明天。我儿子，是如此，广南，也会是如此，还有更多的他和她，亦是如此!

与诸君共勉!

儿子也是要宠的

古时的明君管理臣子，讲究恩威并施，大臣们既能沐浴皇恩，又能震慑于帝王森严，面对君主会俯首帖耳，愿意为国效犬马之劳，自是国泰民安，江山永固。用此方法教育子女，也是有一定道理的。

今天军训结束，该是广南给我交信的日子了。下晚自习，他很腼腆地进了办公室，把笔记本给我，有点手足无措。我问他怎么了。他说写了很久，就是写不好。"我觉得我语文那个'C'真不是白得的。"我说："没关系，关键是看态度，写得不好我可以帮你改改。"他放下本子，一溜烟地跑了。

我翻看了广南的《致父亲》。

亲爱的老爸：

你好！

时间好比匆匆流水，一去不复返。犹记得从前你把我扛在肩膀上，让我感受到了大山的巍峨；犹记得小时你领我到家门前小河里游泳、捉小鱼小虾；也记得我小学时数学考一百分，你对我竖起的大拇指。可不知从何时起，我们的关系变得异常紧张。是您变了吗？还是我变得不懂事，变得更叛逆了？

确实，我有很多地方做得不对。我很懒，你让我做什么，我总喜欢说"不"。我很乖戾，动不动就跟人打架。我很缺乏自律，我沉溺于网游而无法自拔。

我时常让你在老师同学甚至朋友面前很没有面子。说到面子，我只一味地要求你给我面子，维护我的尊严，而我却经常抹了你的面子，没有维护你的尊严。现在想来，真是后悔不迭。

老爸，我错了。为我的错误，为我给你带来的诸多麻烦深深地向您道一声："对不起。"

而今，在你们的努力下，我终于来到了实验励志部读书。一切跟原来都不一样了，一切都像是重新开始。以前的烦心事也都忘记了。请您相信我，从前的那些错，绝不会再发生了。

如果可以，我真想回到从前，回到我们曾经亲密无间的时光里。我知道这是不可能的。既然我们不能改变以前，我们何不放眼现在。我希望我们之间少一些冷漠、责骂、抵触，多一些平等、沟通、温情。我更愿意看到我们家里其乐融融的温馨场景。

老爸，我错了。再一次向您郑重道歉。

儿子　广南（有修改）

字里行间，虽有幼稚青涩，但流淌的是真情。我能读出广南内心真实的悔意和热切的渴求。这是一颗有着忏悔也有热望的心。广南爸爸，你有收到儿子发出的急切的信号吗？

　　爱出者爱返，福往者福来。相信，每一位爸爸妈妈都深爱着自己的孩子，但爱也是要讲究方式的。女儿要富养，或许不错。但儿子，有时也是需要宠的。

十日谈

今天休假，但要去学校坐晚班。待在家里，看似慵懒的一天，可思绪一直都乱糟糟的。下午5点，匆匆忙忙下楼。

刚发动车子，猛然想起，门是不是没有反锁。妻子一再叮嘱，接近年关，防贼重要，出门一定要反锁门。于是又匆忙熄火，奔上十一楼，原来反锁了。下楼，开车，刚出小区门，又觉得好像没关烤火炉，要是一时疏忽，酿成惨剧，不堪设想，越想越害怕。于是绕着小区走一圈，从另一出口进了地下车库。咚咚咚，上楼，开门，原来我起身时拔了插头的。站在家门口，很是怅惘了一会儿。细思极恐，我是不是真的老了，是不是得了健忘症。可我不能老呀！我还有好多事要做，我还有好多人要想，我还有好多风景要去细细咀嚼和品味，怎么能够就老呢?

比如这未来的十天，注定又是忙碌和充实的十天。

首先是三天之后的月考。每次考试，孩子们都如临大敌。谢烨起得更早了，尚高走得更晚了。室外月朗星稀，寒气袭人，室内人影幢幢，书声鼎沸。期中考试我们落后邻班很多，孩子们铆足了劲儿，要在这次月考中成功逆袭。

我也担心啊！欣怡几乎每次考试都有考前焦虑，总是觉得自己会考不好，我得让她放松放松。忠潇以第一名的成绩入校，可是几次考试都不如意，我怕他背上沉重的枷锁，负重前行，反而走得不轻松。还有几位女生，理科成绩捉襟见肘，我怕每考试一次会让她们身上的锐气和自信消磨一点，因为考试成绩不算什么，而身上那股蓬勃的精神劲儿才真正重要。

考后，我会是一个兼职的精神按摩师。哪位女生没考好，垂头丧气，梨花带雨，我得想法子让她破涕为笑。哪位妈妈告诉我，她儿子情绪不好，我得带他到后操场走几圈，边走边聊，直到他恢复原有的精气神。

一次考试是一次收获也是一次掠夺。考场胜利者有了满满的获得感，而对于失意者来说，无异于精神和意志的一次浩劫。对于很努力很努力的他们，我很心疼也很无奈。只希望他们在这冰与火的炼狱中涅槃、重生。

月考后一天，我要上一堂德育主题的班会课。学校领导和老师要来观摩。可是我的准备时间只有一个晚上。考试之前，我不敢占用孩子们的时间。

想着搞南京大屠杀死难者纪念，或者刘少奇同志诞辰 120 周年座谈会，可是学生对这些内容都不是很熟悉，要收集的素材很多，时间来不及。

感恩，孝顺父母，虽然老生常谈，但参与者容易感同身受，且操作起来相对简单一点，也只能这样了。

前几日，大平先生的一首《孝顺爹和妈》，单曲循环至少听了二十遍，歌词直白，旋律简单温婉，却直击人心，听罢，泪已潸然。因为正好七年前的这几天，我不能确切地知道是哪一天，我父亲走了，突然中风，走时没有一个人在他身边，陪着他的只有我们家的那条大黄狗。冰冷的地上，不知父亲躺了多久，也不知受了多少煎熬。椎心之痛，融入血液和骨髓，没有嘘寒问暖，没有煎汤熬药，没有尽己孝道，成了我这一辈子最痛彻心扉却无法弥补的遗憾。

就把这首歌作为开场白和背景音乐吧。

对何炅主持的《儿行千里》印象很深，接地气，有内涵，形式新颖，我可以借鉴这种模式。

我也可以选几个孩子和他们的父母来互动。记得洋舟跟我说过他和他父亲的感情波折，很是曲折动人，他可以的。家骏妈妈为他付出很多，他读小学，他妈妈就教小学，他读初中，他妈妈拼了命地也要教初中，为的是给孩子一个好的照顾。可他不理解，早几天还跟妈妈闹得不愉快。这次班会可是契机呀！瑶珏有了二胎妹妹，对她心理上会有怎样的影响，她对爸爸妈妈的情感会有怎样的变化，如何处理和弟妹的关系，如何摆正似乎失衡的心态，这里面值得挖掘。

还有谢晴、戴涛、周怡等几位同学的爸爸妈妈都远在千里之外，留守孩子和父母的沟通也是可以关注的亮点。如果有可能，还可以来一通视频通话，互诉衷肠。这时候，响起刘欢那首献给农民工的歌《在路上》，应该会很有效果。

还有老师，也可以请上台来和孩子们互动。毕竟孝顺父母和感恩老师是一脉相承的。和谐融洽的师生关系更加有利于班级建设和孩子们的健康成长。

这样想来，脑子里有了初步的规划，胸中有了丘壑，心中就不会发慌了，有理由期待班会的成功。希望孩子们能够和爸爸妈妈有心灵的碰撞和交融，也希望他们能够受到一次灵魂的洗礼。

这次活动，主持人要穿针引线，临场应变，掌控和驾驭全场，是活动的"关键先生"，我的大神——吴彤，一切都拜托你了。

24日，要举行纪念刘少奇同志诞辰120周年的合唱及朗诵比赛。满打满算也只有五天时间训练了，而且只能利用闲余时间练习。朗诵好办，材料现成。我有杨先生的《明天，我想去看你》。子帆、刘柳朗诵情感很到位，戴涛在北方生活过多年，有一口漂亮的普通话，忠潇的表演细腻、大胆，交给他们，应该没有问题。

关键是合唱。我有音乐细胞，但没有音乐才华。要训练好一个班的合唱，指挥、分声部轮唱，和声、伴奏，一概都是门外汉。

但是赶鸭子上架，硬着头皮也要上。借助视频，借助家长，还不行就去请教专业人士，还有要相信六十二位可爱的他们，有着无限的创造力和凝聚力。相信我们的合唱也不会逊色的。

这是我未来要忙碌的十天。平凡的教师，平常的岗位，有多少这样平常的十天，十月，十年。

林花谢了春红，太匆匆，但愿我还不曾老去。

觉　醒

星期天下午，纪律委员给了我要留下来的名单，居然又有婷婷的名字。她已经连续两周因为不能遵守自习纪律要留下来自习了。我要他们安静地坐在教室自习。

等我再进教室时，婷婷在哭泣，周边围了几个女生在劝她。

我问怎么回事，没想到不问不打紧，一问好似捅了马蜂窝。"我本来就没有乱讲一句话，凭什么要冤枉我？"她声气很足，边说边抹眼泪，梨花带雨，大有一发不可收拾之势。没想到看上去一向文静的她爆发起来也是个小宇宙。我心里其实有些气恼，但也没有表现出来。我叫她自己想清楚，到底怎么回事。纪律委员应该不会随便记名字的。看她这架势，一时半会儿收不了场的，我还是暂时撤退为妙。

晚自习前，婷婷来办公室了，满是羞涩，欲说还羞。我问她怎么了，没想到她对我深深地鞠了一躬："老师，对不起，我之前不该对您大声嚷嚷。您是长辈，和我爸爸妈妈一样，我不应该冲您发脾气。不过，今天地理课，我确实没有乱讲话。"

我如释重负，有了这个态度，事情就好办了。

我叫来纪律委员，问清了事情的原委。原来他记的是星期四的自习课，婷婷确实讲了话。弄清楚事实的真相后，婷婷连声说了句对不起，满面通红，飞也似的出了教室。

事后，我在教室里就这件事好好说教了一番，该批评的批评，该表扬的表扬了，看得出婷婷心悦诚服。

一场风波就此平息，但在我的心湖里扔了几颗石子，激起了几朵水花。

许多事情，看似矛盾重重，看似有许多解不开的疙瘩，为什么不等冷静下来之后，恢复了理智再去处理，这样会避免许多麻烦，不会让矛盾升级，化解很多危机。

婷婷是在冷静之后觉醒了，觉醒了自己的失态、莽撞。她的觉醒，也让我有所醒悟。试想，如果我当时不分青红皂白给她一顿臭骂，或许，她会在我震怒之下屈服，但心底里的委屈和阴影不晓得要到何时才能消除。她会觉得老师蛮不讲理，以权压人。老师这一光辉的形象或许会在她的心里大打折扣。

想想从前，我是如何对待他们的。有过体罚，有过羞辱，有过控制，有过挖苦讽刺，有过自以为得意的不战而屈人之兵。现在想来，这一切都会原原本本地还回来的。你怎样对待他们，他们就会怎样对待你，他们就会怎样对待别人。你予以粗暴，他还以乖戾。你施与温柔，他报以仁泽。老师教育学生是如此，家长对待孩子又何尝不是这样？

因为长大后，我就成了你。这是我们目前最悲凉的现实。

希望他们都能被这世界温柔以待，也希望他们能对这个世界礼待有加。

谨记三字经

(漫长的暑假，对于怠惰者来说，又找到了一个绝好的放松机会，但于后知后觉者，这是一个弯道超车的最佳时机。)

学习、做人，有三个字是不可少的。

获取知识要用"悟"。据我观察，学生追求知识大概有三种途径。最次者碰到问题连自己都没有仔细想想，就去和同学讨论，往往一经同学点拨，恍然大悟，这样掌握的知识犹如蜻蜓点水、过眼烟云，并不牢固，下次碰到同样的问题，他可能还是不会。居中者是在自己独立思考之下，还是没有眉目，或是有了个大概，只是几个关卡没有打通，这时得到同学和老师的帮助，稍一疏通，或许会迎刃而解，这样得来的知识会比较难忘。最上者当然是自悟，纵有多难，自己殚精竭虑，哪怕想破脑袋也决不轻饶，不到万不得已不看参考答案，不到山穷水尽不寻求老师帮忙。这一百折千回、山重水复、柳暗花明的过程绝对会让你刻骨铭心，获取的知识也会在你的脑海中根深蒂固，没齿难忘。

成绩提高要靠"勤"。头脑聪明、悟性好，对成绩提高固然重要，但如果你不是天才，要想成绩有实实在在的提高，是断断不能少了这一个"勤"字。人说"笨鸟先飞""勤能补拙"，人说"早起的鸟儿有虫吃"，此话一点都不假。本在同一起跑线上的我们，有的手不释卷、孜孜以求、白天黑夜、黄卷青灯、战天斗地，每迈一步都留下一个坚实的脚印，每一个脚印里都种下一颗希望的种子，在发芽，在生根，在枝繁叶茂；有的优哉游哉，流连于路边的莺飞燕舞、鸟语花香，成绩一出来，望着别人渐行渐远的背影枉自嗟叹、捶胸顿足，实在可笑。勤一点吧，莫负了美好年华；勤一点吧，莫负了曾经的铮铮誓言；勤一点吧，莫负了背后那些期待的眼神。心若在，梦还在。勤看看，勤想想，勤做做，勤问问，勤能出真知，勤能出效果。请记住，错过了昨日的黄昏，绝不可错过明日的朝阳。

为人处世讲究"仁"。读书不是我们的全部，学会做人，学会处世，也是我们人生的必修课。待人接物彬彬有礼，举止谈吐温文尔雅，遇到事情沉着冷静，面对困难从容乐观，处世光明磊落，胸怀坦坦荡荡。这些比学习更重要。一个"仁"字，值得我们仔细咀嚼斟酌。

仁即义，待人处世，要讲道义，不欺骗，不隐瞒，守信用，重情义。谦谦君子，窈窕淑女，人中龙凤。

仁是孝，尊亲敬长，人之常情，老吾老以及人之老。面对父母、面对师长、面对朋友、面对陌生人，常怀感恩之心，你会发现这个世界春意盎然，生机勃勃。

仁为敬，对自己所从事的事情怀着一颗尊敬之心。以虔诚的态度来对待我们的学习，用一颗敬畏之心来面对一切生命，你也会获得你生命的价值和尊严。

仁亦和，与人为善，和气通达，懂得忍让，知道宽容，处世大度，一个和谐的生存环境已经为时不远。

真正懂得了仁，真正实践了仁，你一定会收获你人生里那一片金黄麦田。

一封信里惹情思

前两天，整理笔记时，偶然发现了这封信。

可爱的阿黄：

这是第一次也可能是最后一次这么认真地给您写信。虽然很想跟您走三年，但现实不一定那么美好。这一年很开心，也很值得。

从没寄过宿，从没离开过父母，刚开始很慢（后来还有一点点），现在没有迟过到，可以很早到教室来，觉得自己进步还是有的吧。

我的成绩波动也很大，考过前茅，也摔过很惨，我也不知道自己成绩到底算好还是一般般，但我想靠自己的努力往前冲赶，我不想甘于现实，我觉得凭自己的能力应该可以做得更好。

我知道您对我的印象也不是很好的那种，不沉稳、心理不稳定啥的。我真的知道我喜欢说话。可只要一开口，您就准时出现，哪怕经常就是那一瞬间，没办法，就是那么心有灵犀。那天在办公室，您和Lina说的那些话我都有记住，都有认真地想。虽然有时候还是忍不住，而且总是有人找我说话，可能都认为我会跟他们说吧。但是我真的不想，我不知道我的小小的改变你有没有看见。我初中的时候很想做老师心中的坏孩子，可是一直没有实现，到了高中，我做到了，但我觉得这并不是我想要的。我还是想让老师看得起我、器重我吧。

我很开心，您能看到我的努力，您能懂我的内心，我也感到很幸福。我想我将来有出息，能够让那些爱我、帮助过我的人骄傲。

如果将来有机会的话，我想让您见到一个全新的我，不像现在这样。暑假我也一定会全力以赴，弯道超车，到时非复吴下阿蒙，定当让您刮目相看。

祝您暑假愉快！

这封信情真意切，很是让我感动。但是我实在猜不出写信的是哪个同学，信里所写的事情和描绘的情景发生得实在太多。我开始以为是吴彤，问过她，她笑嘻嘻地调侃我："怎么可能呢？我对老师的喜欢都藏在心里，我写不出这么赤裸裸的信。"啪啪打了我的脸。她还帮我调查过，但最终也是无果而终，不了了之。

后来想，也不一定要知道是谁呀！只要是他们中的她或他就可以了，只要有这份美好的情谊就可以了。

孩子，我要感谢你。感谢你没有计较我对你的批评，感谢你能够感受到老师的爱与关怀，感谢你有一颗积极向上、不轻易服输的心。你的勇气和决心，是我最大的骄傲。

是你告诉了我，每一个孩子都渴望得到老师的关注。哪怕是老师的一个最平常最微不足道的举动甚至是眼神，都会在你们平静的心湖里投下石子，激起水花，都将影响到你们的日常行为、内心想法，甚至以后的人生规划。所以，作为老师，不要忽略你身边的任何一个孩子，哪怕他没有傲人的成绩，也没有值得炫耀的家世，抑或是超高的颜值。尽我们所能去关注他、器重他，看得到他的努力，体会得到他的失落，分享到他的喜悦。

终于明白，在我们看似平常的日常，会在孩子们心灵上产生怎样巨大的影响。你的鼓励、肯定、鞭策、微笑都将是埋在他们心田上的种子，会长出嫩绿的芽，会开出娇艳的花。

记得很久以前看到过陶行知先生说过的一段话：你的教鞭下有瓦特，你的冷眼里有牛顿，你的讥笑中有爱迪生。你别忙着把他们赶跑。你可不要等到坐火轮、点电灯、学微积分，才认识他们是你当年的小学生。现在想来，先生说得好犀利，却又好有警示意义。

长大后，我就成了你

在我们的言行里，藏着一个孩子未来的模样。

一

那天在"朋友圈"里看到他的留言。"酒醒了，谢谢兄弟们的陪伴，心情也好多了。"我知道他那天情绪不佳的原因肯定跟他儿子小 W 有关，因为这个学期以来，他已遭遇过多次这样的冷遇和尴尬。那天下午和儿子的见面，注定又是一次不欢而散。

这次考试，小 W 考得很差。他火急火燎地赶过来找儿子，可自始至终都只是他一个人在说。儿子耷拉着头，连正眼都没瞧他一眼。最后，我问小 W："你爸爸这么远辛辛苦苦赶来，跟你说了这么多，你有什么感触，有没有要跟爸爸说的？"小 W 直截了当地说"没有"，面无表情，脑袋也别到了一边，只剩下他满脸的苦涩和无奈。看着他落寞的背影，我心内亦是五味杂陈。

我问小 W，为什么要对爸爸如此冷漠。小 W 说："从小到大，他们就没怎么管过我。我小学就寄宿，他们忙着挣钱，一个月难得见几次面。我晚上睡觉被炸雷惊醒，躲在被子里瑟缩成一团，他们不知道。我和别人有矛盾，受到委屈，跑到洗手间抹眼泪，他们不知道。我听不懂数学，做不好作业，急得焦头烂额，他们不知道。回家的短短几天，听到最多的一句话就是'去，去，一边去，没看见我正忙着呢'。在我最需要他们的时候，见不到他们的影子。我成绩的好坏，当然也不用他们管。"平时寡言的他，一口气说了这么多，说完如释重负。

我不知道小 W 和他父母之间的关系要到什么时候才能够修复如初，但我知道这肯定是一个任重而道远的过程。确实，在他们最需要我们去陪伴的时候，我们缺席了，应该给的温暖和安慰都变成了冷冰冰的零花钱。当你一心一意在为他们的未来打拼的时候，殊不知你和他之间的那条鸿沟越来越宽。把握不好现在，又怎会有你想要的未来？当某一天你想要填平沟壑，却发现似乎已不可能。当更远的某一天，你渴望他来陪伴你的时候，却发现这恐怕也是一种奢望。

二

不只有家庭和学校承担着育人的责任。每一个人，每一个角落，每一场因缘际会，都蕴含着教育，都关乎孩子的成长。

作为一个社会人，你在你所处的位置扮演什么样的角色，必将对周围产生怎样的影响，尤其是可塑性最强的孩子，会把他周围的每一个"你"，当成一面镜子去比照，当成一本书去阅读，当成一幅画去领略。

你的一举一动，他们耳濡目染，潜移默化。细细想来，颇觉身上责任重大呀！

公共场合，你高声喧哗了吗？地铁公交上，你让座了吗？收银台前，你排队了吗？斑马线前，你礼让行人了吗？运动场上，你尊重对手和裁判了吗？……你的哪怕是一个细微的举动，都会有多少双眼睛关注着你，模仿着你。你是一个标杆，他就有可能活成一面旗帜。你这本书装订得极为拙劣，他的人生画卷也有可能狼藉不堪。

因此，作为父母要学会自律，做好孩子的榜样和表率，要"为之计深远"。作为老师要言传身教，不只是授业解惑，更有传道，要传为人处世之道，传安身立命之道。作为社会的一份子，我们要谨言慎行，要律己还要有意识育人，让别人愿意活成你的模样。由此看来，在孩子的教育上，道阻且长，谁都不可胡来！

因为，长大后，我就成了你。可是长大后，我就成了你，又是多么悲凉的社会现实。

世界上，有些事情需要等待，早起的闹钟，上班的地铁，中午的外卖。也有很多事情经不起等待，缤纷绚烂的烟火，转瞬即逝的彩虹，还有渐渐老去需要扶持的父母，更有嗷嗷待哺渴望成长的孩子。

只要一个台阶

一个台阶的高度，或许就是和谐的距离。

有一本盗墓题材小说被我没收的时候，已经被他们翻得破旧不堪。据说在寝室里轮着看，马不停蹄，争分抢秒。难怪这几天有几位精神不振，原来都已经深陷"古墓"，恐怕晚上的卧谈会也是以古墓为中心话题。诸位大神中，就有阿山。

我宣布，要罚他们抄书。"我不抄！"有一个声音，虽然很轻，但很清晰，很坚定，敲击着我的耳膜。是阿山，但我没理会他。

其他几个都把要抄的内容交给我了，只有阿山迟迟不动。我把他叫来，阿山脸涨得通红，眼神躲躲闪闪，眼里似有泪要涌出，但还是桀骜不驯，一言不发。

我说："阿山，做得不对要勇于承担，平时你都不这样，怎么在这件事上如此执拗。是不是平时在家里也这样犟？"

"平时还好，我在您宣布处罚前就在寝室放出话来，这本小说我没在课堂和自习课上看，都是挤时间看完的，也没影响学习，所以我实在不愿意抄课文。"

原来他早在寝室里夸下海口，放出了豪言，要跟黄老师打一场硬仗。现在如果抄了课文，面子上怎么过得去呢？

我问他，在这件事上有没有不对的地方。阿山说："当然有，不该在不当的时候看这类严重影响学习的书，更不该不接受处罚，但我怕寝室里的同学笑话我，所以特别想犟赢。"他这个样子，叫人好气又好笑，我紧绷着没有让自己笑出声来。

"好吧，老师给你一个面子，换一种处罚方式，你到田径场去跑步十五分钟，可以吗？"阿山欣然前往，十五分钟后，阿山大汗淋漓地进了办公室。我跟他讲："老师给了你一个台阶，没有让你抄书，你是不是觉得特有面子？"他无语。"那老师的面子怎么挽回，你总得给我一个台阶，要不老师以后在班上说话还有什么威信呀！"阿山搔搔头说："也是呀，那我再到班上就这件事做个说明，在全班同学面前认个错。这样，那些抄了书的同学，心里也有个平衡，您说可以吗？"

事情到了这步，我觉得也是该圆满收场了。我和阿山彼此给了对方一个台阶，也让双方都有了颜面，不至于把事情闹得太僵。班级的和谐，师生关系的融洽，少不了这样一个台阶呀！

其实，生活也是如此，给别人一个台阶，很有可能就是给自己一个机会。退让是一个台阶，谦卑是一个台阶，宽容是一个台阶，赞美也是一个台阶。一个台阶，成就了"六尺巷"的美谈，一个台阶书写了"将相和"的佳话。小则民风的淳朴，天朗气清，大则国家政局的稳定，国运昌盛，都和这一个小小的台阶脱不了干系。

我不小心闯入你的生活

    总是愿意把和每一届学生的相遇当成一场轰轰烈烈的恋爱来谈，可是我跟 1801 的这一场爱恋有疾而无终。本以为可以从一而终，可现实却啪啪打得我脸生疼。不舍有如一根根扎在身上的刺，有的融入血液，有的深入骨髓。想要回头，已是不能，想要往前，步履艰难。

    如鲠在喉，如芒在背。

    不知道，我还要用多长时间来消化这种难以割舍的情绪，但我知道，我用一年的时光凝聚的情谊不会轻易散场，播下的种子会发芽生根，埋下的希望会开枝散叶。

    这一场恋爱，虽然短暂，但这里面的每一个细节都会绵延成记忆的山峦在脑海里拔节。

    念念不忘，必有回响。

    从来没有想到过，可我就是这么不小心地闯入了你的生活。1905，我的 1905，你终究还是来了。

    你是一个稚儿，一棵幼苗，要甩掉你的稚气，要强健你的筋骨，要健全你的心智，要陶冶你的情操。试问，我还有这样的精力和热情吗？

一份崭新的名单，轻飘飘却又沉甸甸。从前看到后，从后又看到前；从毕业学校到出生年月，从男女比例到成绩高低，分析不够，畅想不完。几十个鲜活的生命，在我眼里活跃生动起来。几个小时，转瞬即逝。

把一群毫不相干、彼此陌生的他们活生生地组织成一个有缘的群体是一件颇为曲折艰难的事情。先是信息，然后微信，再是电话，一顿狂轰滥炸，几个小时又悄然溜走。

然后是班级名册，然后是"入学须知"，然后是寝室安排，有条不紊，我竟然能做到乐此不疲，我都惊讶于我还有这样的精神劲儿。

终于发完最后一条信息，却丝毫没有倦意。1905，不再是一个冷冰冰的数字，在我手里有了温度，有了生机，有了活力。这个大厦，需要我一砖一瓦来垒加、来装饰、来填充。

我不但是一个闯入者，更应该是一个陪跑者。

心里终归是忐忑。廖校取笑我，说我是从高二"淘汰"下来的。一句笑话，勾起我内心的丝丝苦涩。曾经我也一样信誓旦旦，要陪他们走到终点，可我最先违背誓言。

平时热闹的班级群，此刻集体失声，静默无言。

但太阳依旧热烈，空气仍然清新。那群孩子大步向前，留给我坚毅的背影。这群孩子活蹦乱跳、朝气蓬勃款款而来。

我依然会去做一个最忠实的陪跑者。

我怀着忐忑，心存不安，要去进行我生命中的又一场恋爱。

洞房昨夜停红烛，待晓堂前拜舅姑。

妆罢低眉问夫婿，画眉深浅入时无？

四月，我们开学了

绿意鼓胀得要溢出来的时候已是人间最美四月天，终于等到了你——我们心心念念的开学，这一天，久违了。那些活跃的身影又在我眼前跳跃，单薄的口罩，挡住了面庞，但遮不住青春的气息，掩不了阳光的味道。

开学了，一切都是新的，欣欣然都睁开了眼，一切又似乎还是从前。

防控不缺位

疫情向好，但防控不能松劲。每一个人都是当事人，尤其是班主任，更应在思想上和行动上有足够的重视。入学时的体温检测，口罩的不离不弃，禁止家长进入校园，晨午晚检，开门开窗，消毒杀菌，就餐分隔，不聚众，保持安全距离，一样都马虎不得。外面还是风声鹤唳，这里已井然有序。

学习正当时

尽管疫情防控形势依然严峻，但我们始终没有忘记我们的初心和使命。虽然也曾积极响应"停课不停学"的号召，但这种"遥控"的效果，终归是要打折扣的。从入学考的不尽如人意可见一斑，窄窄屏幕背后的神兽们的表现会远超你的想象力的。作为班主任，第一要务是要让他们在学习和生活上尽快走上正轨，让紧张和快节奏替代松散和慵懒。终于又看到了办公桌前的人头攒动，教学楼的灯火通明，教室、食堂和寝室间的行色匆匆。落日余晖，这里的傍晚静悄悄；朝阳乍起，这里的黎明闹腾腾。

扶贫在路上

山高路远，舟车劳顿，挡不住我们的脚步，我们还要奔赴我们的第三战场，为我们的帮扶对象略尽绵力。脸上的倦色，温暖的问询，感动了他们。他们也感动着我们，老嫂驰从柜子旮旯里拿出来珍藏的鸡蛋，让我们动容；老爹爹说他的"微心愿"是要给疫情后的武汉捐一点钱，让我们泪目。

其实，在给他们送去"微心愿"的同时，我们每个人心里都怀揣着许多微心愿，众多的微心愿一定会汇聚成：愿岁月静好，现世安稳，人间值得，国泰民安。

我们用自己的方式抗疫

以往，春节里，大江南北，欢天喜地，其乐融融，走亲访友，拜年祈福。

元宵佳节，大街小巷，张灯结彩，兴致勃勃，逛花市，买花灯。

今天，这个春节，这个元宵节，一切都似乎按下了暂停键。

突如其来的疫情，平静了许多喧嚣的城，宽阔了许多拥堵的路。

励志的校园，阳光明媚，空旷寂静，这里本应该书声琅琅，这里本应该龙腾虎跃。亲爱的猫咪习惯了往日热闹喧腾，在阳光下走着慵懒而落寞的步子。

战士们在绝地反击，白衣们在英勇抗战。平凡的我们，也一样在战斗。

蜗居斗室，锁不住我们的情怀

武汉生病了，国家有难了，牵扯着我们每一个人的情思。

我们在揪心。每天急速攀升的感染人数，让我们焦虑；疫情不断蔓延的趋势，让我们紧张；期望的拐点依然没有出现，让我们望眼欲穿。

我们在感动。从来没有哪个时候，会让我们的国家、民族如此团结，如此众志成城！一拨又一拨的最美逆行者的前赴后继，舍身忘我，让我们感动。无数志愿者们飞蛾扑火般的无畏让我们动容；来自每一个角落的爱心汇集，让我们深感人间有爱。武汉不孤单，中国不孤单。

来自贫困山区的拳拳爱心。

南航墨尔本返航广州的班机，没有旅客，飞机上全是澳洲华人无偿捐赠的救援物资。一曲《我和我的祖国》令人瞬间泪目。

我们也在难过，为那些知名不知名的生命消逝而难过。

但现在不是难过的时候，气可鼓，不可泄。这个时候更需要凝神聚力，共同打赢这场不能输的战斗，让群众远避灾祸，让患者重获安康，是对逝者最好的告慰。只有这样，才能让流过的血汗没有白流，让付出的代价没有白付。

身处逼窄处，关不住我们的行动

陪伴是最长情的告白。今年春节，我们终于有了一个陪伴老人、孩子的机会。一家人，围炉向火，共叙天伦。待在家里，不走访，不聚会，不传谣，不浪费国家资源，也是在抗疫，也是在为国家做贡献。

焦虑、感动、悲伤没有消耗掉我们的热情。我们也能尽己所能，贡献我们的那一份绵薄之力。

聚沙成塔的爱心里有深切的希冀。

流淌的血液里有渺远的江湖。

默默的坚守里有责任和担当。

作为教书人，作为读书人，我们始终没有忘了我们的身份和职责。尽职尽责，当是我们对抗疫情的最好的方式。

高三在行动。高考的日子指日可待，高三的莘莘学子即算是在家里也是全力以赴，全身心地投入到学习备考中。正月初三，老班们就做了系统详尽的安排。任课教师更是全力配合，指导不遗余力。一方屏幕是我们交流的纽带，一来一往中，知识在传递，情意在相通。

亮亮在悉心指导孩子们的英语作文。

亚丽姐在跟我分享她的感动。

灿姐姐在给学生"面"授机宜。

春晖正在播洒春晖。

高二的俞嗲和肖嗲也不示弱。正月初八，利用 QQ 直播，给同学们上课。能够跟孩子们"面对面"地交流，更易达到教学的效果。

还有那个永远风风火火永远像陀螺一样的梨子，自然也不会清闲下来，一直都在坚持的英语背诵依然在天天打卡。

高一学生成立了"学习共同体"，同学们和老师们的互动交流开展得如火如荼。

班长雷雷说得好："合抱之木，生于毫末，九层之台，起于累土，千里之行，始于足下。天可补，海可填，南山可移，日月既往，不可复追。岁月漫长，然而值得等待。"

我们都明白，各自身上肩负的责任和使命。特殊时期，我们用特殊的方式履职。病毒面前，我们用自己的方式对抗。

春天，已经来临，春暖冰会融，春暖花会开。待到云开雾散，天朗气清之时，我们励志人一定会含着笑，向着光，笃定前行！

以爱之名

前不久，看到过一篇文章《有多少老师正在偷偷爱着你的孩子》，文中一个个感人的场景让我流泪，为那些竭尽所能、倾心相授、用心护佑而动容。我做不到扛着输液瓶去上课，我也没有可能在冰天雪地里给学生背试卷，我似乎没有机会在飞机上给孩子们批改作业，也不会因为腰疼跪着给学生上课，但我知道，在孩子们的求学路上，我们要用专业为他们铺路，更要用爱为他们护航。爱的教育，是教育的一条亘古不变的红线。爱的教育，永远在路上。

老师的爱，诚意十足

老师对学生的爱，是要有足够的诚意的。不矫揉，不造作，这样才能够打动心灵，你以诚相待，他们才会以诚相报。

思睿，真是一个桀骜不驯的家伙。一开学，从他眼神里的懒散随意和明显的敌意，就能感觉得到他可能是个不好对付的"刺头"。看他个子挺高，我想跟他套个近乎，拍着他的肩膀说："长这么高，你是吃什么长的啊？"他怼了我一句"你吃什么，我就吃什么"，口气十分不友好。报完到他就要请假回家，嫌学校条件差，他妈妈好说歹说，总算把他留下来了。

留下来，他也会是个火药包，我心里担忧。

跟思睿妈妈交流，了解到思睿个性极强，身上的坏习气颇多。他跟他爸爸基本不讲话，一说话就互掐。他极要面子，不准他妈妈军训期间来看他，更不许骑摩托车来看他。还说放假的时候也不要骑摩托车来接他，要么自己回去，要么要她喊辆车子来接他。

记不清楚，我有多少次与他促膝长谈。为了他的讲虚荣、爱面子，夜深人静，灯火通明的办公室里，有我们的身影。为了他放假回家少玩手机，不与不三不四的人来往，我们在暑气炎炎的篮球场针锋相对。为了缓解他跟他爸爸的关系，我们在满是尘土的后操场走了一圈又一圈。为了控制他的零花钱，我和他一起制订了详尽的消费计划。为了他不堪的成绩，我在宿舍楼前坪苦口婆心。

他跟几位同学的周日总结汇报，在催促了几次之后，基本上每周都能按时积极主动地上交了。

但他的学习依然是积重难返，难见曙光。我知道，要真正改变他，于他于我都任重道远。他在日记里这样说：

我觉得自己是个很奇怪的人，一会儿优越感十足，一会儿颓废到了极点。渴望在外人面前表现自己，又想着如何在人前掩饰自己。我想要逾越规矩，却发现总是徒劳无功。我做的一切其实都是为了证明给人看，努力地把成绩搞好，向别人证明我不是垃圾，不是废物。把性格变得和善，其实是想告诉别人，"我不是坏人"。我在努力改变，只是可能你看不到，我把骄傲放在角落，等到再回到那个角落，那里已经布满蜘蛛网……

其实，每个人到新天地都如同白纸一张，可我这张白纸已经留下了些许污点，无法抹去，我决定不再沾上任何污点。

（2019 年 11 月 21 日）

这里，让我看到了一个小小的、挣扎的、矛盾的灵魂，但还没有失掉希望。

同学的爱，淳朴无瑕

我们往往热衷于空洞的说教。在家里，老爸老妈的千叮咛万嘱咐，回到学校，又是老师无休止的耳提面命，这些会让他们产生免疫力的。你以为的热情洋溢，却是收效甚微，于是常常哀叹黔驴技穷。

其实还有一种"爱"常常被我们忽略，那就是同学之爱，同学之间的互助和引领往往会收到意想不到的效果。我们要善于观察引导，加以发散，让这种美好的情愫发酵，让丝丝细雨变成倾泻的洪流，看似无声的榜样却有"于无声处听惊雷"的功效。

我一直都在告诫他们，他们行事的准则应是——要让别人因为你的存在而感到幸福。他们也一直在践行。

初入高中，从没寄过宿的他们，在高节奏的生活学习中，自是手忙脚乱。可雷雷不同，他除了把自己的一切打理好，还主动帮同学洗衣服。这一举动，让寝室的其他成员特别震撼。有了这么好的榜样的引领，其他成员当然不甘示弱。自此，112寝室的纪卫评比再也没有让我操过心。

　　下课铃一响，我就急急地奔向寝室。不为别的，因为今天是周末，我搞卫生。

　　我翻身上床，将早晨未叠工整的被子重新叠好，把枕头塞在一旁，再将床单塞在夹缝中，抚平。等到一张床看上去没什么不好的地方，再翻上另一张床……摆鞋，拖地，将所有的东西归置整齐，这是必做的工作。除此之外，走廊上也布满了灰尘，又得徐徐弄干净。在家中自是无须打扫，而身处异居，还是要学会照顾自己。

　　要动身了，临走前不忘嘱咐，还有，我可不是他们嘴中的"老妈妈"。

（奕程　2019年11月10日）

　　午自习，老黄在读轩博的日记。读到大扫除，我知道他会写我。周日我负责卫生，同时也是每周评比优秀寝室的日子。我费了那么大的工夫，当然要搞好才行。说不想出去玩是假的，一个人无聊时只能唱唱歌解闷，说不上高尚，但我觉得被表扬蛮开心的。

　　我做不到快速整理，就只能一步步慢慢来。庆幸的是，我还有时间洗个舒服的热水澡，花一次大扫除的时间，把寝室弄得像模像样，我觉得这波值了。

（奕程　2019年11月12日）

没想到高高大大的奕程，还如此细心、用心和有荣誉感。这些深深地感染到大家，同学们纷纷为他鼓掌，为他点赞。我们班每周的"优秀寝室"一下子多了好多。

111寝室吵闹扣了班分，只有汉尘、思禹和文睿三位出来认错，要罚站三次。第一天之后，他们三个大汗淋漓跑来跟我说，其实，他们没有讲话，之所以站出来，是怕老师下不来台，也不想还有无辜的人受到牵连，而且希望通过他们的举动让那些真正讲话的醒悟。我跟他们签订君子协定，后面两天在教室午睡，但在寝室就说是在罚站。我也听从他们的没有去找其他人。他们代人受过，期望自己的行动能让其他人有所醒悟的做法，我很欣赏。从这以后，到111寝室查寝，几乎每次都是静默无声。

同伴里有好的榜样和典型，他们之间的互助和引领是最好不过的教材，比空口的说教不知道要好多少倍。

家长的爱，润物无声

"幼吾幼以及人之幼。"对自己孩子有爱，天经地义，对别人家的孩子有爱，那是圣贤。

这几天每天晚自习都会有家长来值日，我印象最深的是梓何爸爸。

以往的家长，不是待在教室后面玩手机，就是躲到教室外面抽烟。而梓何爸爸让我眼前一亮。他晚一时做了个简单的自我介绍，然后在教室前面徘徊。"叔叔身材高挑、眉清目秀，是个大帅哥。"杨帆跟我说，

"我敢打赌叔叔等下会玩手机。"我看未必。我做了许久的作业，抬头一看，叔叔正在认真看书，晚二也一样，叔叔在认真地写着些什么，始终坐在讲桌前，从未看见拿出手机。

叔叔以身作则，给我们树立了好榜样。我真羡慕梓何有个这样的爸爸。

（子晟　2019 年 11 月 14 日）

父母是孩子的标杆，大人是孩子的榜样。一些细微的举动，都会在他们平静的心湖掀起波澜。

食堂阿姨，像妈妈

不知为什么，总想写点什么，给那个微胖的食堂阿姨。从第一天的那句"小心哟，地上滑得很呢"开始，认识阿姨竟也两个月了。每天的三餐，总能听到阿姨一串串笑声，给这紧张而单调的生活添了几分快活的气息。

阿姨是专门来陪读的。她儿子在高三，个子高大，丰润的脸，像她，笑容更像她。每天下晚一，学长到阿姨那里喝牛奶，然后他们手拉手到教学楼，然后阿姨看着儿子上教学楼，挂着掩都掩不住的笑容回去。每天这个时候，她都要脱下油腻的工作服，换上靓丽的大衣，享受一天中最重要的"高光时刻"。

阿姨不仅管洗碗拖地，还管我们吃饭。她常敦促我们多吃蔬菜。说不能挑食，专吃肉可不行，但又往我们碗里多加一勺荤菜。阿姨喜欢唠叨几句，没什么别的，不过问问学习紧张不，搞卫生做得赢不。当听我们说还好时，她又笑着说，那是你们才高一，过一年再看，每天赶得死，像我儿子高三了……儿子是阿姨永恒的话题。

有一天，一个同学的衣领折里面了，阿姨擦擦手帮他摆整齐。她说衣服不要贵，但一定要干净整洁，不能太随便。要是看见这种天气还穿着短裤，阿姨一定着了慌，生怕你感冒。现在阿姨又开始管我吃饭的坐姿了。我向来站没站相、坐没坐相，阿姨说，你这样习惯了，到别人家做客不雅观。她说要每天督促我，而且不容我反对，我相信我这十几年的老毛病会被阿姨改正的。

每天听阿姨念叨变天了要加衣，要多吃蔬菜的……心里暖暖的。

食堂阿姨，像妈妈，我想妈妈了。

（雷雷　2019 年 11 月 13 日）

孩子的心是敏感细腻的。你在他的心田上种下爱的种子，会生根、会发芽、会开花。

爱的回声，这是最好的礼物

大写的人，胸怀博大。大写的爱，不求回报。但念念不忘地去施与，总会有翩翩而来的回报。更何况，这是一群怎样的有血肉、有情感、鲜活的生命。

孩子们是懂得感恩的，他们回馈给我们的是这个世界上最珍贵的礼物。

请太阳不要晒黑我的皮肤，请晒黑爷爷的头发。

（家骐　2019 年 11 月 5 日）

寒风呀，你轻点，再轻点，别吹弯了爸爸的脊梁。

（睿欣　2019 年 11 月 18 日）

我发现，我不仅爱上了励志部日落时的红霞，也渐渐爱上了头发有点儿少的张老师。

（雨晴　2019 年 11 月 20 日）

今天，我特别有感触，对老师这一职业有了更深刻的认识。数学老师张老师，平时不苟言笑，但在我心中，就如母亲一般。她上课从不发脾气，对不听课的同学，也只是走到身边，悄悄地提醒。张老师很敬业。每次路过办公室，她都在埋头苦干，奋笔疾书。这个夜晚，已经下晚自习了，我看见张老师还在她的车里找什么。她的身后，有个小男孩，应该是她儿子，睡眼蒙眬，脚步踉跄。我内心不禁一颤。快十点半了，正在长身体的他，却不能早早入睡。有哪一个母亲想让自己这么小的孩子熬到深夜。我目送张老师离开校园。

在这寒冷的冬夜，我躺在床上，久久无法入眠，想着这一幕幕动人的画面，很暖，很暖。

（刘瑞　2019 年 11 月 12 日）

他在寝室中，有"大哥哥"的风范：每次在我们玩耍时总是提醒我们要注意安全的是他，帮我们收拾晚会后残局的是他，受伤后第一个帮助我的人是他。我很感动，我因有如此的同学而骄傲。

（胡奥　2019 年 11 月 22 日）

我是老师们眼中重点关注的对象，一举一动都逃不了他们的法眼。稍有不慎，就会被请到办公室"喝茶"。当我主动问问题时，他们又是这般热心和耐心，就像品一杯咖啡，甜苦交加，品久了才能品出精髓。

感谢这场遇见，让我尝到了苦尽甘来，带给我无尽的精神食粮。

（予贺　2019 年 11 月 2 日）

我知道，他们 QQ 群的名称叫"建军，爱你"，他们也把今晚的活动主题命名为"2019 年建军杯主持人大赛"。

有生如此，我还有什么奢求呢？

距　离

　　开学三天，忐忑复杂的情绪稍稍平息。要送走舍不得分开的人，心里终归是失落，要迎来许多次揣测和猜度的人，于是又多了几分雀跃。

　　其实，人生就是由无数的聚散和分合组成的，可我们总是绕不过这些坎。选课、分流、打散、重组，让我心心念念的 1905，在励志部已然成为历史，逝水难追，但我们曾经一起肆意挥洒的日子有如天边落在水底的云霞，总在我心头荡漾。

　　信任的距离，是一年里我们用心走过的里程。

　　不忍心看你笑容里的勉强，眼角里的微红，还有背影里的落寞。"莫愁前路无知己""天下没有不散的筵席"，说起来是如此苍白无力。毕竟，我们还是留在这片热土，走下去定会是前程万里。

　　您说：思来想去，还是决定好好告一次别，在学校走得匆忙，只能以这种形式，感谢一年的教诲与陪伴，有幸遇见，期待再见。

　　您说：虽说这个结果在意料之中，但还是很难过。感谢您一年来对孩子的关心，细致入微的教导，让他进步不小，对您的感激真的千言万语无法表达。

还有您说：孩子遇到您，与 1905 同行是他的幸运，作为家长，我也很庆幸与您相识，一切感激尽在不言中。

朴实的话语，厚重的信任，叫我汗颜。唯愿我们一年走过的路程拉近的距离，能够让他们稚嫩的肩膀更加厚实，也唯愿我没有辜负这一份沉甸甸的信任。我们都奋斗在同一片蓝天下，你，我，你们，我们，都不能丢了那份热望和激情。

甚好，崭新的 1901，裹着浓烈的书卷气，携着沁人的清凉热气腾腾地来了。

大批的男孩子个个精神抖擞，虎虎生风；女孩们也告别了往日的娇骄二气，走路带风，行动干练。

王杰和王达两兄弟终于聚首，可让我们犯难的是总分不清他们谁是谁。

亦城和赵添吃完饭早早就把班上的饮用水搬来了，再也不用我隔三岔五地吆喝了。

晚饭后，逸晨早早就到了教室，打开听力重听，让办公室的老师诧异万分。

对不起，宇新，我把你安到了男生寝室，感谢大度的你不计较马大哈的我。

杨帆趿着拖鞋奔进教室，看到满教室伏案的身影，一贯拖拉的他也知道不好意思了。

大大咧咧的若瑄的大嗓门竟然也不敢在教室里造次了。

翔云迈着大长腿直奔化学老师而来，办公室的每一个角落里都塞满了他的声音。

昨晚收作业，还有五分钟下课，教室里竟然是安静如水，一改往日刀枪入库、马放南山的人声鼎沸。

今早，他们也终于跟上楼上学长的节奏在走廊上大声朗读英语，站成了一道风景。

看到这样的他们，心生欢喜。

虽然，健忘的我还记不全他们的名字，腼腆的他还多少有些拘束，但我感觉我们之间近了，更近了。

这世界，太阳强烈，水波温柔！

七日不见，如隔三秋

听说我要离开七天，他们欢呼雀跃，还说幸福来得这么突然，但我知道他们说的是假的，他们夸张的表情里表演的成分太多。

但说归说，我离开时心里还是惴惴不安的，毕竟他们这一群孩子组建成一个新班级还只有二十天，虽说这二十天来表现相当好，很可能是因为彼此并不相熟，有些东西还是藏着掖着，问题也还没暴露。我一走就是七天，真还不知道他们会闹出什么幺蛾子呢。

第一天雷雷跟我说，班上一切正常，与原先并无二致，不必牵挂。还说叫我不要想他们，要是想他们，可以偷偷躲在被子里哭。我可没想他们，这一天我认识了许多想认识的人，接受一些让我耳目一新的思想，打开了一扇让我能够看到更远地方风景的窗户，高兴都还来不及呢，哪有时间想他们。

第二天程果说，请黄老师放心！我们一切都好，雷雷已经安排好了考试事宜，请您静候佳音，1901有我们。猛然想起明天要搞月考，这是进入高二的第一次考试，他们很看重，我也很重视。一周之前就做了许多宣传鼓动工作。不知道他们准备得怎样，不知道哪个孩子会在如林高手中胜出，也不知道哪个姑娘考砸了哭鼻子会有谁去安慰。

终于等到考试完，经过紧张的头脑风暴，他们也该轻松轻松了吧，这次轮到我紧张了，**战战兢兢**打开文件。所幸还好，没有让我有太多失望。嘉璇居然考到了班级第一、年级第二，他可是一次比一次进步，这个成绩会让他爸爸找不着北的。最不服气的是嘉惠，果然她在随笔里吐槽了，风头全被赖嘉璇这家伙抢走了（不服）。不过，嘉惠的几句话让我很感动：月过从云，花过和风，今晚的夜色很美，我又开始想你。虽然我考得不咋地，但是班上考得还好，于是心生欢喜，在这样优秀的班级里有幸福感爆棚的感觉，真想让清风明月把这些好消息和我的想念一起捎给你。

还有鸣应该会很高兴吧，这次破天荒地考进了年级前十，不知道要蹦得多高啊；祺肯定伤心死了，真担心她的学习状态，回去第一个要找的是她；还有妮，叫我如何去安慰她呢，什么说辞恐怕都会苍白无力的，希望她能默默疗伤很快恢复元气。

第六天，翔云告诉我，同学们都起得很早，早读铃未响之前，全班同学都已到齐，并且认真聆听了周总结，得知再次获得"流动红旗"，都很雀跃。大家都很配合班干部的工作，晚自习特别安静，请黄老师放心，我们会自己管理好自己的。黄老师，你快回来吧，我们都好想你。

Miss 吴告诉我，你没在，感觉他们就是一群没娘的孩子，好可怜。不知为何，鼻子有发酸的感觉。幸好，明天就可以回家了。

终于，又可以看见这群活泼的孩子的身影，又可以听见久违的欢呼。七天很短，转瞬即逝；七天很长，如隔三秋。因为思念，拉长了时间；

因为牵挂，拉近了距离。

读着思思的《致黄老师》，心生感慨。

波的图像是人生的道路，波峰是成功，波谷是挫败，质点是闪光。很庆幸我百转千回后，你在我的生命中闪光。

最好的时光里遇见最好的你。欢迎回来，黄老师！

我轻轻地叹息了好多次。有生如此，夫复何求？这里的晨曦和夕阳极感动我，还有深夜的静谧和白天的喧嚣，还有你们匆匆的脚步和不倦的身影，以及这份朴实和纯真也极感动我。我们心中似乎毫无什么渣滓，透明烛照。对周遭的一切，皆那么爱着，十分温暖地爱着。

情　绪

晨跑的时候，绝大部分同学都换上了统一的班服，一片黄澄澄的丛林，是一道亮丽的风景。但也有几个没有按要求做的家伙，总是有这样那样的理由来搪塞，那一身黑或灰显得格外打眼醒目，本想狠狠地剋他们一顿，但他们无辜的眼神让我不好发作。

第五节课已经上了几分钟，卓还没进教室，打发子郁去寝室找他，原来是睡过头了，他不好意思地觍着脸冲到座位上。我虽没有说什么，但心里窝着火，生气的原因倒不是卓睡过了头，而是满寝室的人看到沉沉入睡的他居然没有一个人叫醒他，但愿他们是想看他的笑话，而不是对他的漠视。

我没有说，但不高兴都写在脸上，课堂里的空气沉闷而凝滞，他们也没有了往日的跳脱，好不容易熬到下课，我和他们都如释重负。

第二天午餐后，到教室巡视，只有稀稀拉拉的小部分人在教室，人少弄出的声响倒不小。尤其是看到邻班教室里乌泱泱坐着一大群，安安静静，却又如火如荼，让这两天堆积的情绪似乎到了火山口，随时都要喷薄而出。我抓起教鞭就往寝室里赶，心里想着，要是哪个家伙在寝室里无所事事嘻嘻哈哈，我肯定不会放过他。等我到寝室，他们大部分坐在床上刷题，只有浩在说笑，我狠狠地敲着门，扬起的鞭子终归还是没有落下来。

罢了，罢了，还是回寝室午睡吧。或许，一次酣眠可以平复许多东西。

等到晚上上九、十节课，我提前十分钟进了教室，教室里已经坐得满满当当，安静如水，时有翻书声，写字的沙沙声，还有偶尔偷偷地向我瞥过来的眼神。

我说："这两天宝宝心里很憋屈，但是宝宝不想说，不知道大家明白不？""明白——"他们故意拖长了声音，大声说，还带着一脸的坏笑。一瞬间，似乎所有的不开心和压抑都云开雾散。教室里的空气又活跃起来，感觉我把自己和他们都从牢狱里释放了出来。

这世间，仍然天朗气清，万物可爱。

情绪这东西，真是说不清道不明。世上本无事，庸人自扰之。当你被某种负面情绪左右时，你会发现什么都入不了你的法眼。其实，他们还是他们，世界还是世界，只是你看待他们的心态变化了，你用坏情绪去感受周遭，如是一切都可能染上负面的颜色，你会吹毛求疵，你会看什么都不顺眼，你会看谁谁都有问题。

能够管理好自己的情绪何其重要。有人说，发脾气是本能，压脾气是本事，此话一点都不假。

水虽柔和，却能滴水穿石；人若平和，定能春风化雨。

深夜十一点半的感动

十一点，查完寝，洗漱完毕，习惯性地拿起手机，被朋友圈里两条消息感动了。

一条是亚丽老师的，我知道她十点还坚持要送一个生病的女生到双江口边上的望城，虽然她出门的时候一再说没问题，可我心里还是有些担心。这不，再强大的女生也有害怕的时候，她说：望城赵家河逆流而上，有顺车的吗？或者在线的打个电话给我，真还有点小怕。

我很后悔也很自责当时没有找一个人或者自己跟她做伴。只能一边跟她打电话壮胆一边在心里祈祷她平安无事。

紧接着，我们工作室的王烨老师也发了个朋友圈。

她说：这漫长的一天终于快要过去了，早上闹钟响的时候想着再眯一下，一睁眼竟然六点二十了，立马起床，等我小心翼翼出了房门，安安后脚就跟出来了。这段时间他就像有雷达，我起他就跟着起，说来真是不忍。这几天他感冒发烧，但我一点都没顾他，早出晚归，他也就早上和晚饭的时候能见到我。他奶奶说，每天在家里念叨："妈妈怎么还没回来啊？"

今天中午没有休息，一直到下午都在对着电脑整理资料，眼睛尤其酸痛，下了晚自习，查了晚寝出来，肚子竟然开始痛起来，走回来的时候真的有点伤感，我每天都很忙，但我到底做了什么？获得了什么？

我不知道，这个时候，还有多少像她们一样奔走在校园的各个角落，奔走在学校与家这条路上的老师，每天都要冒着晨雾睡眼惺忪而来，顶着繁星满身疲惫而去，校园里芳香馥郁的栀子花香来不及细嗅，回家路上的清风明月无暇驻足。

她们出门的时候孩子还在酣睡，回家的时候他早已进入梦乡，感觉被子还没有焐热，又要奔赴崭新的战场。

哪个孩子生病了，她会嘘寒问暖端茶送药；哪个孩子思想开小差了，她会明察秋毫，走廊上田径场边定有她苦口婆心规劝的身影；哪个孩子退步了，心理压力大，她瞬间变成了心理按摩师，不到他脸上绽开笑颜不罢休；哪个孩子跟家里闹矛盾了，她又变成了民事纠纷调解员，一家子被她整得其乐融融。

她心里装着太多的他们，却没有给自己、给自己的孩子足够的空间。虽然她们是母亲、是妻子、是女儿，但她们更是老师、是朋友、是姐姐。既然认定了，就义无反顾地去奔赴这一场山海。

大概青丝就是这样熬成白发的吧！

我们到底为了什么，我们到底收获了什么，我也不知道，我只能说，我们无愧于心，我们收获无价。

凌晨，亚丽终于到家，她回了句话：谢谢大家，我已安全到家！一路感动！爸爸从小告诉我，世上没有鬼，顶多就是动物出没；见人要打招呼，不晓得喊么子就笑一笑；能帮就帮，力气没了睡一觉就恢复了……被感动了，唯有接力。

大概是心有余悸，她竟有点语无伦次。

读罢，泪已潜然。

小小改变有惊喜

　　以往年级的月考总结，几乎每次都是把全年级成绩优秀的名单通报一遍，然后对班主任提供的表现突出和进步显著者大肆表扬一番，再指出近段要改进的问题。千篇一律。其实这些情况，班主任在各自班级总结几乎都有涉及，再在年级大会上赘述一遍，实在是老生常谈，对学生来说没有任何新鲜感。这样的总结，效果也很一般。

　　这一次，我做了小小改变。我要在我们年级发现亮点，寻找典型，我要推出真正优秀的人物，以期他们的榜样示范作用得以推广。

　　我首先找到了嘉璇，他在这次考试中居然考到了班级第一，这是我始料不及的。整个高一期间，他成绩平平，但在疫情结束之后的月考中突飞猛进，跃居年级前列，让所有人眼前一亮。据我了解，在长长的疫情期间，他能较好地管理好自己，全盘规划自己的学习。在认真完成网课后，对高一的知识做了系统的回顾和查漏补缺。难怪返校后的第一次考试中，众多高手纷纷落马，而他却能逆袭成功，并能一直站稳脚跟。

　　疫情期间，我们听到了家长们太多的不满和抱怨。孩子们在家缺少自律，美其名曰上网课，实则借机玩手机，打游戏、聊微信的比比皆是。与家里人相处时间长了，矛盾骤然升级，家里家外，兵荒马乱。孩子们的学习成绩不退步才怪呢。

在校学习固然重要，回家后的梳理和巩固同样不可或缺。嘉璇的成功，就是一个很有说服力的例子。我要让他告诉同学们，在假期如何管理好自己的学业，如何处理好跟父母的关系，如何做到学校学习和家庭学习的不脱节。

接下来，我又找到了荟颖。虽然这次考试她不是最棒的，但我觉得她身上有许多值得大家学习的闪光点。高二了，有些女孩子有点坐不住了，心思蠢蠢欲动。早恋问题，也让班主任们十分困扰。如何让女孩们心无旁骛专心学业，我需要一个这样的典型。荟颖当之无愧。她身材高挑，面容姣好，学习勤奋，成绩始终处在年级前列。尤其难得的是，平时看上去文文静静的她，在演讲比赛中却能洋洋万言、激情飞扬，在班会活动中，却能舞姿曼妙、歌声清扬，真的是静若处子，动若脱兔。她成了班上男生们的偶像，自然也收到了不少字条和书信，但她不为所动。我知道她有更高更远的目标。我也需要这样一个典型来激励引领年级的女生们去努力去拼搏，去把自己打造成真正的女神。

最后，当然还有旭东。记得当初选科分流的时候，年级绝大部分的优生都选择了物理科，依照他的成绩，留在物理班是完全有资格的，而他家里也是极力主张他选择物理。为此，他还专门找到我，要我做他父母的工作，让他们妥协。最后，旭东力排众议，坚持选择了自己心仪的历史。

事实证明，他的选择没有错。这次考试，他在历史班遥遥领先，他爸爸妈妈也如释重负。我选择他，是要他证明喜欢的适合的，才是最好的。人生路上，我们要坚定自己的选择，矢志不渝，勠力前行，这样才能创造自己人生最大的价值，拥有一个无悔的青春。

于是，他们写稿，练习，我负责改稿，纠正。

这一次别开生面的月考总结，我听到了雷鸣般的掌声，看到了许多会心的微笑、沉思的面庞、笃定的眼神。

一次小小的改变，有如在他们平静心湖投进了几颗石子，激起了一些水花。

信任可以融化成长路上的坚冰

很庆幸，小夏没有走到"生无可恋"的地步，他能够顺利完成学业，升入高一级学校，更难能可贵的是他成长为一名阳光、稳重、有包容心的大男孩。在小夏陷入软弱无助、岌岌可危的境地时，是他班主任老师及时施以援手，把他从绝望的边缘拯救出来。我觉得这其中信任是挽救他的良方。

在这个案例中，这位班主任之所以能够成功让小夏走出困境，首先是他用智慧赢得了小夏的信任。第一次他去找小夏，没有大张旗鼓、煞有介事，而是假装自己去打球，"偶遇"小夏。这一"偶遇"，看似简单，实则充满了智慧。著名特级教师予永正说过，当教师教育学生时，如果学生知道你在教育他，你的教育就失败了。确实，这样人为制造的"偶遇"，会让对方少了许多警惕和提防，多了许多坦诚和推心置腹，会赢得更多的信任，彼此之间的沟通会少了许多障碍。这是解决问题的第一步。

当然，任何事情都不可能是一蹴而就的。要赢得长久而牢固的信任，绝非一朝一夕之功。耐心和诚意是赢得信任的法宝。正如这位班主任所言，要让小夏瞬间长大，并理解父母，去适应这样的家庭环境，谈何容易？其实，要让他父母改变观念，理解孩子，给孩子成长的空间和时间，也绝非易事。正是有了班主任的一次又一次耐心细致的工作，小夏才愿意听从老师的建议，有了苦口婆心的劝说和建议，才有了小夏父母的配合和改变。是他用自己的耐心和诚意换来了小夏和他父母的信任，使他们能够冰释前嫌，彼此都愿意去改变，让事情朝良好的方向发展。

其实，从来就没有无缘无故的长大和明白。在孩子成长的足迹里，每一个脚印里都蓄满了爱。爱是能够真正换取信任的砝码。暗夜里一次次的寻找和呼唤，寒冷和饥饿里那一碗热气腾腾的面条，肯德基店里一次又一次深情的陪伴，隔三岔五把孩子请到家里吃饭的温暖……正是这些，融化了孩子心底里的坚冰，恰似一丝丝暖阳，温暖了这个濒临绝境的男孩，也温暖了这个濒临破碎的家庭，让他们有勇气走出阴霾。也正是老师的爱，换来了一个家庭对他的信任，让他们愿意去改变，让小夏有了足够成长的时间和空间。

虽然生活不是电影，没有那么多的瞬间顿悟和改过自新，但生活里如果有了真诚的信任，相信坚冰会解冻，枯枝会发芽，荒草丛中也会长出一片郁郁青青。

唯有热爱能敌岁月漫长

深夜，老陶还在给我发信息："我今晚喝多了，你班的物理成绩又是第五名。"

我说："不能怪你，只怪他们不努力啊！不过，他们都特喜欢陶老师的。"

"由第一到第五，我真的不舒服，对不起了，可能我还没深入了解他们，我会努力的！"过了一会儿，老陶又发信息过来了。

我说道："别太自责了，我们一起努力，会赶上来的。"

老陶不依不饶："我还没尽力，还不够努力！我不会服输的！"

我能很清晰地感受到老陶的沮丧和失落。我劝慰道："大哥，你别这样了，我看了心里不舒服。"

打完这几个字，不知为什么，我已是泪流满面。

这泪水为他而流，也为我们这一群人而流。

为人之师，已近三十年。纷飞的粉笔灰染白了双鬓，频繁的琐事磨平了棱角，周而复始的生活淘尽了身上的锐气。岁月增长，可依然不改初心。

山本无忧，因雪白头；水本无愁，因风起皱。几十年平静无波的生活，却因为这一群孩子的起起落落而让我欢喜让我忧。

如果不是热爱，又怎能抵御这漫长岁月里的风刀霜剑？如果不是热爱，又怎能扛住这平常日子里的日侵月蚀？看淡得失，却做不到真正地放下；心似菩提，却又无法平静地释然。一切都源于热爱。

唯有热爱方能抵御岁月漫长。

因为热爱，我们在事业面前，不会生出慵懒怠惰之心，哪怕被生活击打得遍体鳞伤，也依然保有一颗热爱之心。纵有千回百转，也依然不忘初衷。

事业如此，友情和爱情又何尝不是如此？

陈佩斯在评价自己和朱时茂的友谊时说过一句话：从来都不会想起，永远都不会忘记。这句话能够很好地诠释真正的友谊。

有太多的友情败给了利益，消逝于欲望，终结在算计中，禁不起时间的考验，时间会留下最值得的人。

婚姻里的一地鸡毛，会让当初的激情消退，往日里的海誓山盟成了易碎的水晶球。没有了真正的热爱，红玫瑰成了墙上的蚊子血，白玫瑰便是衣服上的一粒饭黏子。没有了真正的热爱，又怎能抵御漫长岁月里的平淡？

生死契阔，与子成说，执子之手，与子偕老，也不过是空口无凭的奢望。只有时间，才能真正理解爱有多么伟大。它也是这种持之以恒的感情的试金石，只有真正的爱情才能通过时间的考验。

足够热爱，就不怕岁月和生活琐事的消磨，有了足够的热爱，就能直面人生的种种境遇，做一个坦然的人。

学会爱，坚守爱，珍惜爱，把"与子偕老"的誓言化为相守的幸福。

所以，人最重要的是，做好自己喜欢的事，爱好自己喜欢的人。

鸡毛飞上天

早几日，读到一位高一新生的诗——《致励志》（节选）

多少次在梦里相遇

久而难忘的是你玲珑的身姿

我爱你的朴素　爱你在翠绿海洋中的静谧

我念你的纷扰　念你在晨光倾泻时的热闹

你是我唯一的靠傍

在你完全蜜甜的怀里我享受着无上的安宁

你我的邂逅

命中注定你我的未来紧密相连

就让我经过三年的酝酿尝到最美的醇香

读到此诗，我很感动，也很自豪，因为我是励志部的一员，就如给我一根杠杆，我能撬起地球一样，给我们三年的时间，我们能助你圆梦。

因为我们是励志人，我们有这个底气和信心。

在高考中，我们已经连续两年600分以上的人数在同类学校中遥遥领先，二本上线率100%，一本上线率超过80%，真正达成了"低进高出，高进优出"的预期目标。以2019年高考为例，123名学生报名参考，600分以上8人，一本上线101人，二本上线123人，一本上线率82.11%，二本上线率100%。

把二流的生源做成一流的质量，我们没有什么特殊的方法和诀窍，我们只是一群普普通通的人，做了一点点实实在在的事。高考成绩出来之后，流淌在我们励志人脸上的，有泪水也有幸福。

幸福，都是奋斗出来的。

励志部的管理很简单

励志部的行政人员真正起到了引领和示范作用。他们不与老百姓争名争利。励志部有一个功勋教师周文辉副校长，可以说励志部是在他的一手培育和倾心呵护下茁壮成长起来的。自励志部成立十一年来，他没有要过一个"优"，总是把荣誉让给最需要的教师。去年的岗位定等，六级名额有限，他主动由六级降为七级。励志部几乎所有的行政人员都奋战在教学第一线，但也没有因为烦琐的管理影响了教学，并且所教科目的成绩与其他老师相比毫不逊色。有这样的领头羊，谁还会懈怠？谁还敢不努力？

励志部有一支给力的班主任队伍，他们是一群真正的服务者。十位班主任，平均年龄48.3岁。"宝哥"满头白发，依然干劲十足。那个伏在栏杆上跟学生聊得起劲儿的身影准是"胜强"。"灿姐姐"是一个温柔的"灭绝师太"。总是听到"喻妈"的轻唤："亲爱的，有什么解决不了的?""俞嗲"爽朗的笑声传遍全楼，让学生倍感温馨。哪个孩子有了思想疙瘩，"肖嗲"陪他在田径场走了一圈又一圈。英语老师说，谁谁的英语单词过不了关，刚上任的老班"瑛姑"说："交给我，我来搞定!"几乎每天都是第一个到校的"鲤鱼"扛起励志第一届文科班这面大旗。工作也好，运动也好，哪怕就是喝酒，在湘平那里都有使不完的劲头。尽管都有各种疾痛缠身，尽管总是在周而复始的单调中消磨芳华，可在他们身上，看不到半点倦怠。他们真正诠释了"服务者"的内涵。

有人戏言，励志部有三个突出：老师的腰椎突出，颈椎突出，学校的成绩突出。励志部有三高：老师的高血压、高血脂，学生的高分数。虽为戏言，却也是真实写照。就在今晚，本应休假的宝哥、胜强、瑛姑、灿姐姐、俞嗲却在校加班，直到寝室悄无声息，他们才匆匆离去。

励志部的老师很普通

无关金钱和名誉，纯粹就是简单的热爱，还有满腔赤诚情怀，这就是励志部老师。在这里，你能看到激情四射、手舞足蹈的老师；在这里，你能看到苦思冥想、疯狂刷题的老师；在这里，你能看到与学生争得面红耳赤的老师。"徐嗲"是有名的"毒舌"，对世间的不公义愤填膺，对学生的问题不依不饶，但课堂上的他口若悬河，既有思想的熏陶，又有知识的浇灌。在他的课堂上，我能感觉到有些东西在潜滋暗长，有些东西在疯狂拔节。"友猪猪"喉咙做手术，但舍不得休息，该请的假，一半都没请够，最是要求学生听话的她，却最不听医生的话，哪怕就是用手比画，用笔书写，也要坚守课堂。做赵 sir 的学生真可怜，英语单词、课文，每天都要在他那里打卡过关，不能保质保量地完成，不到晚上十一点，你都脱不了身。最记得的是 Lina，坐一趟 28 路车，她能干掉两个班的试卷。儿子和学生两不误，长沙和宁乡两地跑，她就像一只不知停歇的陀螺。把儿子送到高等学府之后，最让她念念不忘的就是那一群熊孩子。还有他和她，也有他和她，都在用平凡的日常，书写着不平常的励志传奇。

因为他们，学生有福。2018 届的李浩同学，血小板严重偏低，身体状况极其虚弱，不能到人员密集的地方。家长心急如焚，只能在校外租房。老师们专门为他制定了特殊课表，利用上午自习、午自习、晚自习的时间单独辅导。刚从大课堂下来，就马不停蹄地奔赴这小课堂，虽然辛苦，但这个场景十分动人。用心终会开花，2018 年高考，他用 616 分的骄人成绩回报我们。2019 届的学生周子奕，2A4B 的中考成绩，加上他年纪小，学习不主动，家长想他能上个二本就不错了，要是能上一本，纯属意外。但在各科老师的步步紧逼之下，2021 年高考他以 618 分的高考成绩，交出了一份令人惊喜的成绩单。收到高考成绩的那一天，他们全家喜极而泣。这样的例子不胜枚举。这些都是一群普普通通的老师创造的奇迹，是他们，撑起了励志的山河。

有师如此，夫复何求！

励志部的课堂很实在

要把二流的生源打造成一流的质量，绝对不是一件容易的事情，更何况一群普通的老师，是绝没有"化腐朽为神奇"的功力的，一切都源于一个"实"字。

"实"在课堂。在励志部，你可能找不到几本书写精美的教案，但老师的教本绝对会让你大跌眼镜，磨破了的封面，密密麻麻的注解，满纸通红的圈点勾画，这是他们授课的秘籍。你也可能找不到热烈和闹腾的课堂，有的只是循循善诱，有的只是润物无声。他们不会放过每一堂课的重点和难点。学生难以弄懂的知识点，不讲通讲透，决不罢休。这里有师生智慧碰撞的火花，有学生心领神会的默契。

"实"在第二课堂的巩固和消化。当天所学，一定要做到当天消化，庞杂的知识要浓缩为精华，储存到大脑里。比如，我们一直常抓不懈的重点科目数学和英语：每天晚一，必须做数学，雷打不动；上午的英语自习，下午的听力，我们一直都在坚持。巩固和消化当然也离不了老师的法宝——考试。一周的小考，一月的大考，月假返校的收心考试，是检测的重要手段。励志部的阅卷速度无与伦比，上午考完，下午出成绩，今天考完，明天上午保准会有成绩单赫然出现在学生课桌上。成绩出来之后，学生反思，老师做试卷调查，面批，忙忙碌碌，却井然有序。

当然，我们始终都不忘记教育教学的主体是学生。成绩的提高离不开学生实实在在地学，实实在在地练，实实在在地总结和反思。总结和反思是我们不能忽视的第三课堂。所以，要让我们的成为他们的，是断断不能少了这一个自我反刍的环节。坚持做好"每日十问"，未尝不是一个行之有效的方法。

"每日十问"：一问今天识记英语单词了没有？二问今天上课开小差没有？三问今天学习上提出问题没有？四问今天的功课复习没有？五问

今天预习明天的功课没有？六问今天做过闲事没有？七问今天"过电影"没有？八问今天计划完成没有？九问今天有未弄懂的难题没有？十问今天有无浪费时间？

一两天做到并不难，关键是要坚持下去，唯有这样，才能真正进入学习的良性循环！

励志部的学生很可爱

千万不要以为励志部的学生是一群只会埋头苦学的读书机器。一切优秀学生的品质在他们身上都具备。在我们眼里，他们真的是一群最可爱的人。

他们是刻苦的。教室里，奋笔疾书，安静如海，沉迷在书海里的是他们；办公室里，把老师围得水泄不通，与老师讨论得热火朝天，跟同学争论得不可开交的是他们；三餐饭后，走廊上，墙角旮旯，田径场上，花园旁，旁若无人，大声朗读的是他们。夜深人静，万籁俱寂，这里却灯火辉煌；霜露渐重，寒风乍起，一切都还在沉睡，这里却已是人声鼎沸。他们知道，他们的幸福需要他们去奋斗。我们也知道，就凭这股不知疲倦、永不服输的劲头，他们可以上天揽月，下海捉鳖。

他们是阳光的。他们也是如花的年纪，书山题海自然裹不住一颗年轻躁动、活力四射的心。趣味运动会上，他们龙腾虎跃，激情澎湃；野炊活动中，他们大显身手，创意满满，一桌色香味俱全的美食会惹得你垂涎欲滴；文艺会演，他们更是使出浑身解数，吹拉弹唱样样精通，让你不得不折服于他们的才华；班会活动中，他们舌战群儒，他们能文能武，他们有一颗饱满的感恩之心。就是这样一群静若处子动如脱兔的孩子，时常让我们感动着，羡慕着，幸福着。

拥有他们，何其有幸！

是这样一群普普通通却不平凡的人，创造了励志的神话。

十一年的风雨磨砺，十一年的筚路蓝缕。励志部数次搬迁，四易其址。规模越做越大，质量越来越高。这当然离不了以胡群武、戴学中、邱田民、刘亚军、喻毅刚等历届校长为首的实验中学校务领导们的大力扶持，也离不了市教育局、市政府的鼎力相助。而今，励志的校园越来越美，励志的办学条件越来越完善，励志已经成长为实验中学名副其实的"励志品牌"。

励志部的成功，固然是各种因素综合作用的结果，但这里的老师起到了至关重要的作用，他们对人生有更多的淡定，对教育有更多的热爱，对事业有更多的执着，对学生有更多的关爱。蓝天之下，大地之上，这样一群默默耕耘的励志人，值得我用这世上最美的语言来礼赞。

微习惯·好习惯·好人生

《微习惯》第一章阅读心得

　　《微习惯》是一本让我十分震撼又感同身受的好书。虽然还只细读了第一章，但书中作者的叙述和观点直击心灵，点中了我生活中的诸多要害，许多事情之所以半途而废，无法达成自己的目标，归结起来似乎都跟不能从微习惯开始有关。该书实在有醍醐灌顶之功效。

不要好高骛远

　　实在记不清自己曾经订下了多少个计划，开始的时候，总是信誓旦旦，踌躇满志。诸如几个月要减掉多少斤肉，一个月内要读多少本书，每天都要在自己的公众号上更新一篇文章，每天至少要找一位学生谈心并做好详细记载，等等。可回过头去看，肉还在自己身上，书依然崭新，公众号已然沉睡，记载本上字迹寥寥，一样都没有真正落实。当初订计划的时候，信心满满，甚至一直都在幻想事情成功之后的种种美好。我总会习惯性地高估自己的自控力。很多高大上的目标不是半途而废，就是拖三拉四，有的潦草带过，有的敷衍了事。

如果没有产生什么结果，再大的决心也毫无价值。说得一点都不假。其实，真的是策略上出了问题。如果一种策略已经失败了好几次，那就该试试别的了。有些策略，并不适合我，就算很好，那也没有价值，所以，找到适合的才是最好的。

还有，目标太大，梦想太多，你会被达到目标、实现梦想所需要的努力吓退的。可能什么都没干，就已经内心惭愧，不知所措，心灰意冷了。

所以千万别好高骛远，要达成目标，先从微习惯开始吧！

小目标的好处

每次用超简单的挑战来引诱自己，一般都会完成，甚至超额完成。这种能够顺利完成目标的新感觉实在太美妙了。有成就感，也就是时下流行的有获得感，这是下一步行动的最强动力。

真的，一步一步实现目标，实际上是对心理障碍的层层突破，就像剥洋葱一样，层层剥开后，事情也就顺理成章了。这就是成功感带来的改变吧。

我确实能感受到微习惯带来的好处。之前了解到深蹲的好处。说是每天坚持一百个深蹲，身体会倍儿棒。但一次一百个似乎有点难。我先是十个、三十个、五十个，现在坚持每天一百个有四五个月了。虽然不能明显感觉到它带来的好处，但这种坚持下来的成就感和愉悦感确实是让人开心的。

峥嵘的两个微习惯，我很欣赏。每次交作业，他都是双手奉上，毕恭毕敬。还有坐姿特别端正，总是双手放在胸前的桌子上，背挺得笔直。每次看他如此，我都颔首赞许，为他的坚持点赞。久之，峥嵘成了一道风景线，模仿他的人越来越多了。看到孩子们笔直的坐姿、彬彬有礼的样子，我从内心感叹微习惯的功效。

确实，细小的习惯，坚持下来，会在生理和心理上影响你的感受。当这种练习正在变成惯性时，那么好习惯的养成也为时不远了，好身材、好身体、好风气也必将找上门来，但我们不能忘了，这一切来临之前，第一要做好的是坚持。

建立好习惯与清除坏习惯是相辅相成的

拥有微习惯，会让你收获巨大的惊喜。因为一个微目标的达成，很可能继续"额外环节"，而且内心的抵触情绪会减弱。这种习惯会慢慢地形成惯性，进而可以成为一个很好的习惯。

消除坏习惯和建立好习惯有着共同的目标——用更好的行为方式取代原有的行为方式。我觉得用于戒烟、戒酒、戒赌等也是可行的。开始每天坚持看两页书，你就可能额外追加到二十页，甚至更多；开始每天坚持写五十个字，你就可能额外追加到五百字；开始每天坚持散步十分钟，你就可能额外追加到三十分钟，当你要用更多的时间来阅读、写作、锻炼时，自然在牌桌酒桌边的时间也就少了许多，很可能烟也少抽了许多了，这不，烟瘾、酒瘾、赌瘾的戒除也存在更大的可能了吗？

只有坏习惯被边缘化了，才会有坏习惯在与好习惯的缠斗中日渐式微。

养成好习惯，在你得到获得感的同时，减少了消极情绪，如愧疚感和挫败感，这样更容易达成目标。当这种微习惯得到不断强化之后，好习惯自然就来了，有了好习惯，好人生还会远吗？

案例

事情要一件一件做

月考后，小彤来找我，说要跟我好好说说话。还没坐定，她的眼泪就哗哗地流。看她哭得肩膀一耸一耸的，我默默地给她递纸巾。

我知道，她肯定是因为考试成绩惨不忍睹才这么伤心的，正在伤心劲头上，我说什么都苍白无力，倒不如让她哭个痛快。

小彤终于平静下来了。她告诉我，其实她真的很拼，每天忙忙碌碌，甚至晚自习后还要学习。数学落后了，就恶补数学难题；物理退步了，又狂刷物理题；看到化学落后同桌几十分，急得饭都不想吃，于是丢下物理，猛攻化学。每天疲于奔命，做得昏天黑地，这里刚刚有了点起色，那里又落下一大截，总是追不上别人的脚步。订的计划，也总是完不成，每天都感觉特别失败，特别沮丧。这样下去，她会崩溃的，到时恐怕连如何"死"都不知道。

我笑她，还不至于到"死"的地步吧。我知道，同学们也都知道，她真是刻苦努力，但效果不明显。现在回想起来，她不也是目标太大，心气太高了，总想着超过人家，又加上做事没计划，被别人牵着鼻子走，无头苍蝇一般，又怎么会有效果哪？她样样想争先，样样争不到先，反而被挫败感和失落感紧紧包围，不惨败才怪呢？

我告诉她，事情要一件一件做，一口吃不成胖子，切忌贪多求快。不要管人家，先静下心来，做好当务之急。每天列个微计划，理清思路，集中精力做一件事的时候，坚决不去考虑另一件，等把这件做好之后，再着手其他。

小彤答应了我，出门的脚步似乎也轻快了些。

自此，她安静多了，脸上也很少看到烦躁和抓狂。在下一次月考中，小彤的化学还考到了班级第三。她高兴得跳起来的样子好可爱啊！

事情要一件一件做，也是一个微习惯吧！如果这里做做那里想想，东一榔头西一棒子，可能一件都完成不了，反而助长了不良情绪的滋生。相比每天做许多没有结果的事，每天做好几件事的影响会更大。不要急于责怪自己没有进步，而要想想是不是自己策略上出了问题。如果策略出了问题，就该试试别的了。

蓄过的力，都是此刻的光

今天我们工作室全体成员来到我内心深处都一直十分向往的理想校园——宁乡四中，亲身感受到这所湖湘名校的深刻底蕴和厚重质朴的文化气息。别人都说，四中是个读书的好地方，此话一点都不假。这里无论是自然环境还是人文环境，在宁乡堪为翘楚，能够在这样一个有着浓厚文化氛围的地方工作、读书、学习、成长，一定能够找到我们向往的生活。

今天，我们非常有幸倾听到三位老师非常精彩的班主任工作经验讲座，她们可以说是我们宁乡高中班主任队伍里的标杆，她们分享的宝贵经验，给各位班主任提供了十分有益的借鉴，她们也是我们学习的楷模。我深深地感受到，她们不是明星，但此刻熠熠生辉；她们不是网红，但一直都是我心目中的顶流。

今天，她们跟我们一起回顾这些年战天斗地的日子，依然心潮澎湃。这个暑假，文老师和她的 759 火了，每一个激动人心的分数，每一份金光灿灿的大学录取通知书，都让我热血沸腾，让我羡慕嫉妒但是不恨的同时私下里对未来有着无限的憧憬；这个夏天张老师和她的青蓝班火了，三年来精心呵护的幼苗终于长成了参天大树，青翠碧绿，灼灼其华。她《班级日记》里那些似清泉般默默流淌的文字，真的有润物细无声的功效；这个夏天，谢老师和她的1803火了，日拱一卒，功不唐捐，她给学校和家长们交出了一份满意的答卷。她告诉我们，"贫瘠"的土地上一样可以开出艳丽的鲜花。感觉她们真的有如张老师所说的是"亲娘"，也是"后娘"，还是"干娘"，亦是"丈母娘"。"衣食当须纪，力耕不吾欺"，确实，土地不会辜负农人的辛勤耕耘，生活不会辜负奋斗者的执着和拼搏。

曾经蓄过的力，都会成为日后闪烁的光。

无疑，她们是成功的。但每一个成功者的身后都有一条曲折的路，都有一些深深浅浅满是泥泞的脚印。可以这样说，她们所带的班，都是所在学校甚至放眼全市基础最好的班，正是这样，压力更大，考得好，是因为学生底子好，跟老师关系不大；考不好，不是因为学生不够好，而是老师没有教好。功劳可能不是你的，但过失却需要你来承担。那些个不眠之夜的绞尽脑汁，那些个朝思暮想的殚精竭虑，别人不知道，但深夜十一点的路灯会知道，冬天学生寝室楼道里刺骨的风会知道，还有背后默默坚守的家人们会知道。当然，最知道的还是我们用心呵护的孩子们，在这里，我借用文老师学生宇航的一段话来表达对班主任的感佩之情：三尺讲台，三寸舌，三寸笔，三千桃李。十年树木，十载风，十载雨，十万栋梁。你个子可以不高，却依旧顶天立地，引领我们遨游书山书海。你样貌不必出众，亲切和蔼的笑容，给予我们凛冽严寒里最温情的慰藉。你站在三尺讲台，用力在队伍的后方奔跑，你攀着窗台眺望教室，也躲在寝室门口窥探军情。不离不弃，形影相随，都是因为我们是你的孩子，是你心尖上的人儿。

我以为，班主任工作是一个系统工程，这项工作不应该把学生的高考成绩作为我们奋斗的终极目标，尽管事实上我们都绕不过这道坎。我不希望孩子们成为考试的机器、分数的奴隶，我们应该致力于把学生培养成会生活，懂感恩，有担当，深具家国情怀，心中藏有他人的新时代有为青年。因此，一位高瞻远瞩的班主任在致力于提升学生学习品质的同时更应该注重班级文化建设。只有班级有了文化味儿，只有浓郁的文化氛围才能涵养学生的精神底蕴，提升学生的道德情操，让他们成为高端大气，富有正能量的国家社会真正需要的人才。

在这一点上，文老师是我们的榜样。她的教室布置别具一格，这种静态的班级文化让学生能感觉春天就在身边，在这种暖意氤氲的环境里学习是愉悦的，也一定是高效的；母亲节，她让孩子们写"给母亲的三行诗"，片言只语，字字情深，感恩之情溢于言表。班级小组合作，共同提升，团队精神在潜滋暗长；坚持三年的"大手牵小手"活动里，彰显的是爱心和传承；经常开展的体育活动正是增强体魄和班级凝聚力的最佳途径；书香班级让学生们气自华；研学活动让孩子们开视野，做到了真正的知行合一。还远远不只这些，这些只是她这个有计划有步骤的系统工程里的冰山一角。她的这些创意和点子，不是作秀，而是在真正点亮学生的心灯。至于炫目的高考成绩，只不过是这些往日的用心和付出的附加产品，是加持在班级浓郁的文化氛围这顶皇冠上的一颗明珠。

我还想说，班主任在学生成长路上有着不可估量的作用。可以这么说，你怎么样，你教出来的学生就会怎样。你敷衍了事，他们也会懒散怠惰；你吹毛求疵，他们就会小肚鸡肠；你颐指气使，他们定当盛气凌人；你贤淑端庄，他们也会温润如玉；你温文尔雅，他们就会文质彬彬；你待人和善如春风，他们与人相处也会让人感觉似冬日暖阳。因为，长大后，他们就成了你。所以，我们每一位班主任都应该努力提升自己，只有谨言慎行，学识渊博，品行高尚，并且能不断地丰富和充实自己，才能真正做到立德树人。

今天，我们跟随三位老师一起来回顾那些激情燃烧的时光，再回首，热血不凉；再回首，是为了开启未来，奔赴我们的星辰大海。希望她们的灯能够照亮我们前行的路。

我们，你们

我们跟你们本不是同一个世界，我们不了解你们的 yyds，不明白你们为什么那么热爱《王者荣耀》，你们也不理解柴米油盐和人情南北里我们的纠结和无奈。但因为有了诗词歌赋，有了 abcd，有了三角几何，还有了磁场、摩尔和 DNA，从此我们心心相印、血肉相连，可以说是真正意义上的"命运共同体"。日子在倾心相伴中细水长流，记忆在潜移默化中不断疯长，于你们于我们，这一段镌刻在时光长河的美好，值得回忆一生。

在你们身上，承载了我们的希望，也承载了很久以前在心中沉淀的梦想，到不了的远方，你们可以替我们抵达；看不到的风景，你们可以帮我们收藏。所以，为了你们，付出所有，心甘情愿。

你们看，Miss 吴把自己活成了千军万马，两个孩子，一百一十三个学生，一周二十四节课，忙完课堂忙作业，忙完你们忙孩子，教室办公室家里连轴转，可别人看到的永远都是她开心的笑，似乎这个世界没有让她发愁的事。可我分明看见她头顶上冒出的白发怎么遮都遮不住，我也知道别人中午可以从从容容进寝室小憩，她却迫不及待地伏在办公桌上颓然酣眠，因为再不补觉，恐怕是铁打的身子也难以支撑下午那难熬的九十分钟。

你们知道吗？每次跟陶老师打电话，他保准又在做题目，那些让人死脑细胞的电学力学题，让姑娘们望而生畏，其实于他又何尝不是这样？毕竟不是年轻时候了，精力不再旺盛，思维不再敏捷，他除了要应对你们一拨又一拨问题，还要对抗健忘、失眠、肩颈腰椎酸痛带来的困扰。可你们何曾看到过他的懈怠和慵懒？他永远目光炯炯，永远中气十足。

哼哈二将要数"二刘"。刘嗲嗲哪怕再老，也是"小平"，哪怕他课堂上装得再凶，可背地里你们依然没大没小地小平长小平短。你们当然忘不了他那双因为摔伤脚而自制的特殊的纸板鞋，就是亦步亦趋、步履蹒跚他也要坚持把课讲完。大概你们可以让人忘记伤，可以治愈痛，要不他们怎么都如此乐此不疲呢？生物刘，差不多是我们办公室最年轻的了，难怪四十好几的人了，走路就像装了风火轮，跟他一起散步你永远只有追赶的份儿。课堂上的他容光焕发、激情飞扬，跟他的年龄是很相配的，尤其是他那一口自认为很标准的宁乡普通话，他也说得旁若无人，应该也是跟他的年龄匹配的。

最帅莫过"徐嗲"，你们都是知道的。慢条斯理里深藏的都是教育，铿锵严厉里却又不乏温柔。虽然仅仅短短的几个月，但很快就把你们的挑剔和审视整得不见踪影。我知道这不单单靠的是水平，还有对待你们的用心和全心付出的真心。你们可能只知道课堂上他的舌灿莲花，却不知道他咽喉炎嗓子冒火说不出话也舍不得落下一节课，也不知道他耄耋之年的老母亲全身是病又加上骨折也没让他请过一次假。

因为你们就是我们的江山啊！

事情不多的时候，我总喜欢在讲台上"罚站"，你们看书，我看你们。早读的声音里有动听的旋律，静默无声的自习课里流淌的是无声的音乐。课堂上你们微笑专注的样子，让我心生愉悦，明白什么才是润物细无声；考场上，"无哗战士衔枚勇，下笔春蚕食叶声"，这样的场景最是动人。

在讲台上巡视的时间并不难挨。我乐于数数，我会无数次默念哪些人可以达到那个高度，哪些人再努把力，或许可以达到某个高度；我会无数次遐想明年的这个时候，你们会在怎样宜人的大学校园里过着怎样明媚的生活。数字里你们在千变万化，遐想里你们会精彩纷呈。这样的必修课，周而复始，兴味盎然。

我很欣喜地发现我原来声嘶力竭不见成效的事情，现在很轻松就办到了：我提醒了一次午自习不要上厕所，第二天立竿见影；我告知你们要穿校服，保准明天整齐划一；我要你们注意寝室卫生和纪律，并且强调不需要我每天去督促，你们果然做得很棒。没有呵斥，无须责骂，相安无事，风平浪静，然而，按部就班，井然有序。多好啊！

我更多看到：匆匆奔往教室的身影，座位上凝神专注的安静，铃响之后迟迟不愿离开的坚持，还有穿梭于老师办公室的匆忙。很开心调研考后，赵添学习劲头奋起直追，他说，这次进步那么大，要是下次差得太多，不好交差。恬怡这段时间少有缺课了，我暗自高兴。你不知道听到金来在橘子洲头信誓旦旦跟他妈妈说"娘，我明年要到对面去读书"时，我多兴奋。

活泼是你们的天性，紧张的学习之余，时常来一点幽默和搞笑，总是那样熨帖。家长会上你们把生物刘写字动作的夸张、小平的流沙河腔、徐嗲的严肃和绵里藏针、彪哥的拿腔拿调模仿得惟妙惟肖出神入化，令人为之绝倒，为之捧腹，为之笑到嘴抽筋。对于我们，你们从来都是敬畏却不畏惧，亲近而不随便。这样，真好。

我知道，长大后，你们会成为我们，但你们终将会超越我们！

芙蓉国里尽朝晖

　　她姓黎，名朝晖。学生都喜欢叫她的英文名 Lina。同事们都叫她"梨子"。在这里，我特别想称她为黎君，来表达我对她诚挚的敬意。

　　与君共事三年，何其有幸！三年里，她就如一只陀螺，在不停地旋转、旋转，挥动它的那根鞭子里浸染的是爱，是责任，是宽容。

　　黎君乐教。我很惊诧于她小小的身躯里蕴藏着如此巨大的能量。她的课堂很热闹，声浪滚遍每个角落，溢出教室，奔到楼上楼下。走过路过，你都会被感染到。讲台、过道，都是她表演的舞台，课堂上，她手之，舞之，足之，蹈之，情到深处，还不忘高歌一曲。我是最不喜上第五节课的，因为学生小睡未醒，脑子里一片混沌。可只要黎君一出现，教室里的空气顿时活跃起来，孩子们跟着她叫，跟着她疯，瞌睡虫早已跑得无影无踪。她的课堂热闹却不显嘈杂，似大雨滂沱，知识的洪流倾泻而下。不能用"润物细无声"去定义她的课堂，暂且就叫"黎氏特色"吧！可"黎氏特色"收效显著哦。她几届学生的高考成绩均在全县前三，平均分都超过 120 了。

　　一堂课下来，她一手挽着棉衣围巾，一手夹着课本教案，满身的粉笔灰尘，满脸通红，遁形于办公室一隅。原来，黎君也有安静的时候。

黎君有一"特技"，那就是阅卷神速。她每周都要搞一次考试，而且规定自己当天考完，当天必须阅完试卷。每每看她拿着打了许多小孔的试卷，就知道她要阅卷了。只见她凝神屏气，十指翻飞，红笔唰唰有声，不出一个时辰，就 Game Over 了。

有一次，她要去市民之家办事，坐 28 路车，从候旨亭到市民之家。她说她去的路上看了一个班，回来的路上又看完了一个班。车上的乘客像看外星人一样看她。"我可没管那么多。"她说得很淡然，一旁的我们唏嘘不已。

黎君也有软肋。她看试卷可以，但加分不行。学生们的试卷上，列了一排排竖式，就这样还是出错，时常遭到学生们的"嘲笑"。孩子们犯了低级运算错误挨批评的时候，总免不了揶揄几句："怪不得我呢，我的数学是 Lina 教的呢。"

女子本弱，为母则刚。黎君带崽，是出了名的。为了儿子，她可以倾其所有。她儿子在长郡读书，高一高二时，她坚持每周去看一次。今年高三了，更是举家高考。她在长郡校外租了房，请了公公婆婆照看自己和丈夫又分别在周三和周末去陪儿子一个晚上。

黎君在校教书，可谓全力以赴。为了儿子，也是竭尽所能。哪个孩子英语成绩下降了，拖了后腿，她要担心。儿子吃不吃得好、睡不睡得香，她要担心。周三下午，在宁黄公路旁，总能看到那个背着大包小包等车的小小身影，风雨无阻，去时脚步匆匆，来时风尘仆仆。周五上午的自习课，你准能在教室里找到那个生动的背影。

别人在朋友圈里晒的是美容、靓装，她的朋友圈里似乎永远只有为儿子精心烹制的美食与她自己的和别人的那些熊孩子。

儿子的每次考试成绩，是她研究的一个重大课题。从班级排名、校排名到集团排名，从单科分数的涨落、失分统计到跟竞争对手的比对，事无巨细，都要研究个透，一份名册，她能看出一朵花来。

谈及儿子，她会如数家珍，忘乎所以。从小学到初中再到高中，从饮食到思想再到未来规划，有时听者漫不经心，她却兴味盎然，乐此不疲。

黎君对待儿子的态度，真让我汗颜。令人欣慰的是她儿子很出色很优秀，也让我羡慕。

婆媳关系，始终是个难题。可在黎君看来，那根本就不是事儿。他们一家老小，一直都局促在城南家园一套三室一厅的小居室里。饮食起居，生活习惯，诸多不便，可一家人生活得其乐融融。

公公好酒，喜欢大鱼大肉，至于烹饪技巧，从不讲究。有次炖了一大锅猪脚，白生生，油腻腻。公公一边品酒，一边大快朵颐。黎君不敢吃，儿子更是掉脑袋，扒拉几口饭就走开了。黎君虽心疼儿子，但也不能忤逆了公公。她还是一如既往地夸赞公公能干，厨艺好。其实，公公也是个明事理的人，又极疼孙子，以后每次做饭，都要征询孙子的意见，餐桌上的色香味也多了几分。

婆婆十分节俭。家里的旧东西舍不得丢，还要经常从外面捡一些别人不要的东西回家，家里堆得到处都是。累了一天的黎君回家也没有生气。她帮婆婆整理这些东西，该送人的送人，该卖的卖，小半天下来，累得趴在沙发上再也不想动。婆婆心里过意不去，家里自然也清净好多。

学会赞美，保有宽容，该是一个家庭拥有和谐的秘诀吧！黎君应该深谙此道。像黎君这样的老师，这样的母亲，这样的媳妇，何妨再多。

芙蓉国里，尽是朝晖。

后记：我的江山

一

还是读小学的时候，有一次不记得是犯了什么错，被那个面皮白净的男老师罚着站在课桌上，还要把手高高举起。我一个人站在半空中，俯视众生，很快就腿麻手软，眼冒金星。我不知道是怎样熬过那几十分钟的，只记得在同学们的嘲笑当中无处遁形，也记得每次看见那位男老师都感觉自己一直在瑟瑟发抖。自此，"老师"成了可怕的代名词，所以每次远远看见老师的影子都要迫不及待地躲得远远的。

初三的时候，学校里转来了一个女老师，短发，大眼睛，雪白的衣领，脸上总是漾着笑，着软底布鞋，走路悄无声息，有点《我的老师》中蔡芸芝先生的味道，也有点像妈妈的感觉。可惜她没有教我们，惹得我好长时间都对十八班的同学羡慕得要死。

高中毕业那年暑假，我去看过她一次，她已经病入膏肓，头发已经很少了，梳理得干净清爽，衣服罩在她瘦弱不堪的身上显得很肥大却很整洁，脸上依然挂着笑。她俨然风中的蜡烛，虽然岌岌可灭，但依然光明。

后来妻子在整理她的遗物的时候，我们特意留下了她的一本手抄的歌本和教案。娟秀的字体，一撇一捺里的认真，一直都是我学习的对象。她才是我想要的老师的样子。

能够成为老师，也是机缘巧合。刚毕业的农村孩子，不谙世事，志愿一通乱填，结果调剂到了师范。能够跳出农门，爸妈已是欣喜若狂，我只能选择服从。当老师也未尝不可，但要当就要当出个样子，毕竟我心里有了学习的榜样。

初为人师，我投入了巨大的热情，我也像她一样，待学生极好，教他们唱《花心》唱《青春》，还教他们跳当时很流行的二十四步，到现在都还记得那年的元旦文艺会演，舞台很简陋，孩子们的集体舞很火爆。

有一个小插曲，给我的满腔热情兜头浇了一盆冷水。那一次分班，有一位在乡政府任职的家长坚决要把她成绩优秀的儿子转到另一个经验丰富的班主任班级，我少不更事，据理力争。那时的领导未能认识到呵护年轻教师成长的重要性，那个孩子被调到基地。

这件事虽然让我有短暂的消沉，倒更激起了我的斗志。那些年，在那一片热土上，付出了我的所有。一辆破单车，几乎走遍了每一道山山水水，踏过了每一个角角落落。我和他们打成了一片，我跟他们一起成长。我用青春和热血赢得了老师的尊严。

铁打的营盘，流水的兵。一茬茬的他们流水一般在你的身边打了漩儿，迂回一阵，很快又奔腾而去，看着他们破土，看着他们拔节，看着他们直插云霄。个中有多少辛酸，也一定会有多少喜悦。三十年来，乐此不疲，热血不凉。这里有一份热爱，也有一份担当，还有一份冥冥之中对已在天国安眠了二十多年的您曾许下却永远不能当面兑现的承诺。

<h1 style="text-align:center">二</h1>

老师的圈子狭小，但生活单纯却不单调，更不缺少感动。那些教育里的欢喜和忧伤，那些深夜里的咀嚼和惶恐，那些朝朝暮暮的坚守和初心，总是那么叩击人心。

那个突然就不愿说话的孩子，牵动了家长老师同学们的心，我们用过很多方法，我们寻找过很多契机，终于在很长时间的沉寂之后，他吞吞吐吐地说出来了，他们奔走相告，他们兴奋地打着呼哨。是呀，开口说话，一件最简单最平常的事，这个过程中费的周章付出的努力，足以打动人心。

宝总是很宽容我，无论我怎样奚落他，他总是憨憨地一笑，不跟我计较；我有怎样的牢骚，他会愿意倾听；我有怎样的疑难，他会愿意解答；我有的毛病，他会真诚地指出；我需要一个更具内蕴的书名，他会积极地替我思考。做别人的事甚至比自己的还要上心，要怎样的气量和高尚才能如此呢？

每次给陶打电话，即便是休假的时间，他大部分都是在做试卷，他房间的桌子上、沙发上、床铺上，几乎都铺满了试卷。他说不做不行啊，年纪大了，记性差，刚做过的题，过几天就忘了，又得重做一遍，还有不做的话，会赶不上那群兔崽子的思维的。看着他拖着臃肿而略显笨拙的身材，爬到三楼已是吭哧吭哧地喘着粗气，想着他五十多岁的年纪三十多年的教龄，天天如是，周而复始，你也会被感动的。

还有那个在深夜里送学生回家的她，去的时候一腔孤勇，回来的时候，她逮着谁的电话就打谁的，她用她的语无伦次和不知所云战胜了车窗外漫无边际的黑袭来的恐惧；还有那个送学生就寝后一个人匆匆奔走在长长的走道里的身影，只有穿梭的夜风和被昏睡的路灯光拉长的影子在陪伴着她，路边的花香，天边的明月，她无心驻足，心里还牵挂着那个出来时还在熟睡此刻已经安眠的孩子，今天的作业是否完成，今天有没有听爷爷奶奶的话。

所有这些，都只不过是我们生活中的日常。只因为他们和她们还有我，都有一个共同的名字——老师。

风过生香，雨过成诗，那些悄然绽放的，那些日渐沉浸的，那些心心念念的人和事，都是我的江山。在清浅的时光里，终是温暖了记忆，沉淀了美好，无关悲喜，只在浅释岁月静美，时光亦能婉转成歌。

注：书中使用的人物姓名，均是作者编撰的化名，并非现实中人物的真实姓名，如遇到与现实人名雷同，纯属偶然。